KB036553

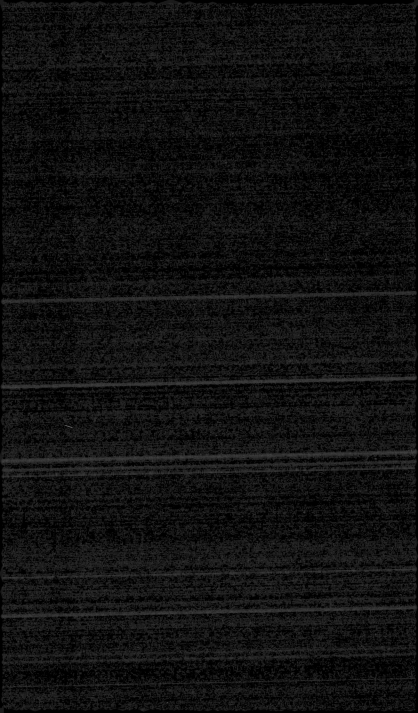

부처와 테러리스트

부처와 테러리스트

앙굴리말라 이야기

사티쉬 쿠마르 지음 | 이한중 옮김

달팽이

차례

도입

사티쉬 쿠마르

앙굴리말라(Angulimala: 이 산스크리트어를 앙굴마라央掘魔羅 또는 앙구리마라
鴦究利摩羅로 음역하기도 한다.-옮긴이) 이야기는 불경에 나오는 이야
기다. 나는 스리랑카 불교승려인 구나라트나에게서 이 이
야기를 들은 바 있으며, 그 뒤에는 티벳의 어느 라마승에
게 듣기도 했다. 그러다 비쿠 나나몰리의 『부처의 일생』
과 틱낫한의 『소설 붓다』에서 이 이야기를 읽게 되었다.
원래 불교 경전에서 앙굴리말라는 카스트제도에서 가장
높은 계급인 브라만의 집안에 태어난 사람으로, 아버지의
이름은 가가Gagga고 어머니 이름은 만타니였다. 그런데
인도의 구전문화에서 이 이야기는 여러 버전이 있다.

　　내가 어릴 적 어머니한테 배운 버전에서 앙굴리말라는
신분제인 카스트제도의 바깥에 있는 불가촉천민으로 태
어난 사람이었다. 그는 억압과 차별의 고초를 겪으면서
반골이 되어버린다. 그는 폭력적 수단을 사용하여 권력을

추구하고 지배력을 얻으려 한다. 이 버전은 부모한테 아힘사카(Ahimsaka, 해롭지 않은 사람)라는 이름을 받은 한 사람이 어쩌다 칼을 든 살인자가 되어 앙굴리말라(손가락 목걸이를 한 사람)라는 이름을 얻게 되었는지 설명해 준다. 이야기를 새롭게 고쳐쓰면서 나는 이 버전이 더 마음에 들었다.

불경 버전의 경우, 특권층인 브라만 집안에서 태어난 소년이 그토록 광폭한 악한으로 자라는 이유가 분명하지 않다. 나는 이 두 이야기를 섞어 쓴 데 대해 불교도들이 괘념치 말기를 바란다.

내가 이 이야기를 새롭게 쓰는 목적은 두 가지다. 첫째는 불을 불로 맞서기보다는 테러를 더 효과적으로 극복하는 방법이 있다는 것이다. 둘째는 불교철학을 내가 이해하는 바와 같이 이야기를 통해 소개하자는 것이다. 지금

처럼 험난한 시대에 우리는 용기 있고 창조적이고 자비로울 필요가 있으며, 보다 나은 미래를 만들기 위해 상상력을 발휘할 필요가 있다. 그런 맥락으로 볼 때 앙굴리말라 이야기는 그 어느 때보다 시의적절하다고 본다.

나는 이름을 표기할 때 영어에서는 아직 흔히 쓰이지 않는 팔리어 철자를 썼으나, 그렇지 않은 경우에는 옥스포드 사전에 나오는 흔히 쓰이는 산스크리트어 철자를 썼다.

재구성한 내 이야기를 들어주고 교정을 봐준 내 아내 준 미첼에게 고마운 뜻을 전한다. 그리고 이 이야기를 읽어주고 더없이 유익한 조언을 해준 린지 클라크, 존 레인, 존 모우트, 스티븐 배츨러, 크리스 쿨른에게도 감사를 드린다. 아울러 다트 강변의 보트 창고를 내게 빌려주어 방해받지 않고 이 이야기를 쓸 수 있도록 환대를 베풀어준 로저 애쉬-휠러와 클레어 애쉬-휠러에게도 감사를 드린다.

머리말

앨런 헌트 바디너

부처가 겪은 일들 가운데 21세기 초의 속박에 사로잡힌 우리에게 가장 시대적 의미가 있고 생생한 경험은 아마도 한 테러리스트와 실제로 맞닥뜨리는 장면일 것이다.

사티쉬 쿠마르는 무자비하게 피를 튀긴 앙굴리말라 이야기를 통해 부처가 의도적이고도 자비롭게 두려움에 직면함으로써 비로소 두려움이 증발했음을 일깨워주고 있다.

2장에서 왕은 그토록 감명 깊은 설법을 전해준 새 승려가 그의 온 왕국이 없애버리기 위해 혈안이 되어 있던 바로 그 살인자라는 사실을 알게 되자 실신해버리고 만다. 왕이 정신을 차리면서 부처에게 할 수 있는 말이란 "우리가 힘과 무기로 하려 한 일을 당신은 힘도 무기도 쓰지 않고 해내셨군요!"였다.

곧 군중이 왕에게 몰려가 난디니 부인과 부처가 테러리스트를 숨겨주었다고 항의를 했다. 군중은 "그들은 우

리 편이 아니면 우리 적입니다" 하고 외쳤다. 다행스럽게
도 수천 년 전 사바티의 정치지도력은 오늘날 우리를 억
누르고 있는 것보다는 지혜로웠다.

사악함과 무지를 혼동하는 유혹을 결국 떨쳐낸 것이
다. 앙굴리말라는 스스로 자기 가르침의 가장 훌륭한 본
보기가 되었다. 그것은 사람들을 가장 감화시키는 것은
처벌이 아니라 설득, 그리고 그 무엇보다 본보기라는 가
르침이었다.

앙굴리말라가 아힘사카로 교화敎化되는 이 이야기는
말미에 가서 모든 인류가 남들 때문에 살고 남들의 보살
핌을 받기를 바라는 뿌리 깊은 소망으로 서로 연결되어
있다는 점을 보여주고 있다.

이 이야기는 또 우리가 '진리'라고 생각하는 것이 흔히
실제 참모습의 정반대에 있는 그림자에 불과할 뿐이라는

사실을 알도록 해주는 데 불가佛家의 수행이 어떻게 한 방법이 될 수 있는지도 보여주고 있다.

천 년이 지난 뒤 복수심에 불탄 주술사에서 거룩한 요가수행자로 교화된 밀라레파(티베트 불교의 종파인 카규파의 승려. 죽은 아버지의 재산과 어머니를 큰아버지에게 빼앗기자 주술을 배워 원수를 갚았으나 죄업을 뉘우치고 불자가 되어 깨달음을 얻었다-옮긴이)처럼, 앙굴리말라는 한번의 생애에 결연한 살인자에서 생명의 경건한 수호자로 교화되었다. 이는 덧없음, 그리고 끝없는 변화의 가능성에 대한 불교의 기본적인 믿음을 강조하는 것이다. 아힘사카는 '내면의 테러리스트'를 이겨낸 자, 자기 안에 있는 적들을 길들인 자, 그리하여 결국 위대한 아라한(阿羅漢, 소승불교에서 스스로의 노력으로 깨달음에 이른 이상적인 성인-옮긴이) 또는 깨달은 자로 알려지게 되었다.

오늘날 유럽과 호주와 인도에는 앙굴리말라에게 영감

을 얻어 만든 교도소 교화 프로그램이 있다.

그의 교화는 오늘날의 테러리스트들-도피중에 있는 국적을 초월한 살인자든 정부의 지도자든-도 내면의 두려움을 직시하여 자신과 남을 치유할 수 있다는 희망을 여전히 불러일으키고 있다.

- 앨런 헌트 바디너는 『지그재그 선禪』 『다르마 가이아』
『시장에서의 마음 다함』 등의 저자다.

만낭

오래 전 인도 북부. 부처는 잰지스 평원을 거쳐 사바티로 왔다. 읍내는 텅 비어 있었다. 가게 모두 잠겨 있었고, 집은 모두 문이 닫혀 있었으며, 거리에는 아무도 없었다. 부처는 점심 공양을 하기 위해 먹을 것을 찾고 있었다. 그는 헌신적인 제자인 난디니 부인의 집 대문을 두드렸다. 그녀는 걱정스러운 얼굴로 창밖을 내다보았다. 부처를 본 난디니는 황급히 대문을 열어주더니 서둘러 부처를 안으로 모셨다. 그가 집안으로 들어서자마자 그녀는 대문을 다시 걸어 잠갔다. 부처는 어리둥절해졌다.

"무슨 일이 있느냐?" 부처는 몹시 궁금한 목소리로 물었다. "그대의 얼굴에 두려움이 가득하다. 거리에는 왜 사람 하나 보이지 않느냐?"

"모르셨습니까 스승님?" 난디니는 말했다. "앙굴리말라라는 자가 읍내를 공포의 도가니로 몰아넣으며 사람들을 마구 죽이고 있습니다."

그녀는 깊이 한숨을 내쉬었다. 아무것도 모르는 부처
가 아무런 보호 없이 읍내를 돌아다녔다는 생각을 하니
기가 막혔던 것이다. 앙굴리말라가 부처를 만났다면 어쩔
뻔했는가? 난디니는 생각만 해도 몸이 떨렸다.

"앙굴리말라가 누구냐?" 부처가 물었다.

"그자는 사람손가락(앙굴리)으로 만든 목걸이(말라)를
하고 다니기에 앙굴리말라라고 합니다. 자비를 모르는 인
간입니다. 그는 손가락을 모으기 위해 사람들을 죽이고
다닙니다. 힘세고 노련하고 대담한 자이며, 교활하기까지
합니다. 그는 가는 곳마다 마을과 읍내를 파괴하고 있습
니다. 모두가 그자 때문에 공포에 질려 있습니다."

부처의 표정은 대단히 심각해졌다. 그는 침묵과 사색
에 빠졌다.

난디니는 망고주스와 꿀에 담근 쌀밥 한 그릇을 부처에게 주었다. 허나 그녀의 마음은 먹을 것에 가 있지 않았다. 앙굴리말라 생각만 하고 있었던 것이다.

"부디 이곳에 계십시오." 난디니는 부처에게 애원했다. "밖에 혼자 나가지 마십시오. 위험합니다."

"제자들이 제타 숲(기타림祇陀林. 기원정사祇園精舍, 기원祇園이라고도 한다. 석가모니가 생존하였을 때 자주 머물면서 설법한 곳으로 초기 불교의 정사 가운데 가장 유명하며, 마가다 국 왕사성王舍城의 죽림정사竹林精舍와 함께 불교 최초의 양대가람 兩大伽藍이라 한다. 원래는 코살라 국의 기타(祇陀 Jeta) 태자의 소유였던 동산을 사위성의 수달다(須達多 Sudatta) 장자가 매입하여 정사를 지었다. 수달다 장자는 고독한 사람들에게 많은 보시를 베풀었기 때문에 급고독給孤獨이라는 별칭을 얻고 있었다—옮긴이)에서 날 기다리고 있지 않느냐. 가야 한다."

"아닙니다. 제타 숲은 아니 됩니다! 숲 속에, 이곳과 제타 숲 사이에 있는 숲 속에 앙굴리말라가 숨어 있습니다.

제발 가지 마세요, 스승님. 적어도 그 숲을 지나가시는 건 안 됩니다. 앙굴리말라는 자비로우신 부처님과 평범한 중생을 가리지 않을 겁니다. 그런 위험을 택하진 마십시오. 그자는 지명수배를 받고 있는 범죄자입니다. 그자의 머리에 상금으로 금화 천 냥이 걸려 있을 정도입니다."

"난디니야, 부처는 죽음에 대한 두려움이 없다. 또한 두려움 때문에 부처의 갈 길이 바뀌는 일은 없다. 망고 주스에 담근 쌀밥이 참 좋구나. 그것으로 족하다. 그대의 인정스런 선물, 고맙구나."

부처는 걸어 잠근 대문 쪽으로 돌아섰다. 하지만 난디니는 차마 그를 가도록 내버려둘 수 없었다.

"문을 열어주기 바란다."

"제발 스승님, 제발 제 이야길 들어주세요. 앙굴리말라 근처에는 가지 마십시오. 그는 너무나 위험한 자입니다."

"인정스런 난디니야, 부처를 믿어라. 부처는 자기가 하는 일이 무언지 전적으로 자각하고 있다. 두려움에서 스스로 벗어나거라."

"하지만 세존이시여, 전 스승님의 생명 때문에 두려워하고 있습니다" 하고 난디니는 말했다.

"두려움 속에 사는 삶이란 삶이 아니다" 하고 부처는 대답했다. "범죄자를 죽이는 것이 왕의 일일지도 모른다. 허나 부처의 일은 범죄자를 교화시키고 깨우치며, 무지로부터 해방시키는 것이다. 그러니 난디니야, 내 의무를 단념시키려 하지 말아라."

"그렇지만 스승님, 제 말씀을 믿으세요. 앙굴리말라는 이미 도를 지나친 자입니다" 하고 난디니는 애원했다.

"사랑스런 난디니야, 그대의 걱정이 무언지 안다" 하고 무저가 대답했다. "하지만 내 사랑, 내 우정, 내 자비가 이미 나를 따르는 사람들에게만 국한된 것이 아니라는 점을 이해해라. 나는 화禍와 무지로 가득 찬 사람들에게도 나아가야 한다. 상처 입은 영혼을 치유하는 것이 나의 일이다. 나는 내가 살고 죽는 것에 대해 걱정하지 않는다. 다만 앙굴리말라가 걱정될 뿐이다."

난디니가 보기에 부처의 순결함은 거의 천진난만함에 가까워 보였다. 그녀는 부처가 앙굴리말라와 마주치지 못하도록 막을 생각을 하다가 스승의 마지막 말을 들었다.

"난디니야, 앙굴리말라를 구하기 위해 필요하다면 나는 기꺼이 죽을 수도 있다."

난디니는 떨리는 손으로 잠긴 대문을 열었다. 하지만 그녀의 두려움은 가시지 않았다. 그녀는 부처의 손가락이 앙굴리말라의 목에 걸리는 상상을 하면서 몸을 떨었다.

"스승님, 부디 부디 조심하십시오. 살펴 가십시오."

부처는 손을 들어 축원한 다음 조용히 걸어 나갔다. 그는 곧 읍내를 벗어났다.

부처는 홀로 들판을 지나 제타 숲으로 난 길을 따라갔다. 이어서 그 누구의 방해도 간섭도 받지 않고 그늘진 서늘한 숲 속으로 깊이 들어갔다. 그는 계속 걸어서 점점 더 깊이 숲 속으로 들어갔다. 정적뿐인 나무들 사이로 유일하게 들리는 소리라곤 부처의 발자국 소리뿐이었고, 그 소리를 듣는 유일한 사람은 앙굴리말라뿐이었다. 그는 의아해했다.

"이게 무슨 소리야? 누가 걸어오고 있지? 누가 감히 내 영역으로 찾아 들어온단 말인가?"

그는 별씨삼지 서서 노란 옷을 입고 천천히 걸어오는

형상을 보았다. 앙굴리말라는 믿을 수 없다는 듯 고개를 가로젓고는 다시 쳐다보았다. 그 움직이는 형상은 자신을 향해 다가오고 있었다.

기분이 좋아진 앙굴리말라는 칼을 쥐고 일어섰다.

"흐하하! 별로 애쓸 것도 없이 목걸이에 걸 손가락이 열 개 더 생기겠구나!" 하고 그는 혼자 말했다.

그는 칼을 휘두르며 다가오는 형상을 향해 나아갔다. 사나운 얼굴을 본 부처는 그가 분명 앙굴리말라임을 알 수 있었다. 부처는 미소를 지으며 계속해서 걸어갔다. 앙굴리말라는 깜짝 놀랐다. 그는 여태 자기를 두려워하지도 않고 달아나지도 않는 사람을 처음 본 것이다.

"내가 누군지도 모르는 바보가 다 있나! 곧 알게 될게다" 하며 앙굴리말라는 중얼거렸다.

곧 이어 그는 부드러운 목소리로 부르는 소리를 들었다.

"앙굴리말라, 앙굴리말라, 앙굴리말라."

"이 무슨 일인가? 저자는 나를 분명 알고 있어. 내 이름을 알 정돈데, 그런데도……?"

앙굴리말라는 큰소리로 대답했다.

"넌 누구냐? 왜 날 보고도 달아나질 않지? 눈 한번 깜빡하지 않고 널 죽이고 네 손가락을 내 목걸이에 꿰어버릴 거란 걸 모른단 말이냐?"

"안다, 안다. 그대가 누군지 안다. 하지만 그대는 내가 눈 한번 깜빡하지 않고 죽어줄 수 있다는 걸 모르는가?" 부처는 잠시 한숨을 돌리더니 말했다. "난 언제든 죽을 준비가 되어 있다. 죽는 것은 아무도 해롭게 하지 않는다. 하지만 죽이는 건? 남들을 죽이니 어떤 기분이 들지, 앙굴리말라? 죽이는 것에 관해 자신의 감정을 깊이 한번 들여다본 적이 있는가?"

　부처는 자기 앞에 있는 사람을 바라보았다. 그의 목걸이에 꿰어 있는 손가락들 중에는 아직도 피가 뚝뚝 떨어지는 것들이 있었다. 그의 옷은 피로 얼룩졌고 땀범벅이 된 그의 몸은 역겨운 냄새를 뿜어냈다. 시커먼 콧수염과 턱수염, 덥수룩한 머리는 공격성을 그대로 드러내고 있다. 그의 우락부락하고 무시무시한 외모를 보면 대부분의 중생들은 달아나고 말았겠지만, 부처는 바위처럼 꼼짝없이 서 있었다.

　"난 그대가 날 죽일 수 있다는 걸 안다. 아마 그럴 수도 있겠지" 하고 부처는 말했다. "하지만 그대는 누군가를 죽일 때 다름아닌 자기 자신을 죽이는 것이다. 그것은 내가 바로 다름아닌 그대이며, 그대가 바로 다름아닌 나이기 때문이다. 나에게 무슨 일을 하든 그것은 그대 자신에게 하는 일이다, 앙굴리말라. 한 가지 말하고 싶은 게 있다. 그대는 죽이기만 할 수 있는 게 아니다. 그대는 사랑할 수도 있고, 자비를 베풀 수도 있다. 그대는 변화할 수 있고, 우정을 맛볼 수도 있다."

부처는 말을 멈추고 미소를 지었다.

"나에게는 친구가 아무도 없다."

"하지만 내가 그대의 친구다, 앙굴리말라. 내가 그대를 만나러 와서 이렇게 말하는 건 바로 그 때문이다."

앙굴리말라는 이 말을 들으며 몸을 떨었다.

"당신이 내 친구라고? 난 우정은 완전히 포기했어. 난 세상을 포기했어."

부처는 기뻤다. 앙굴리말라가 이야기를 하고 있었다. 칼 대신 혀를 사용하고 있나.

"왜 세상을 포기했지 앙굴리말라?"

"세상이 나를 버렸으니까."

"왜 세상이 그대를 버렸지?"

"우리 마을이 날 버렸으니까."

"왜 그대의 마을이 그댈 버렸지?"

"내 가족이 날 버렸으니까?"

"왜 그대의 가족이 그댈 버렸지?"

"내 어머니가 날 버렸으니까."

"왜 그대의 어머니가 그댈 버렸지, 앙굴리말라?"

"내 어머니가 내 아버지 뜻을 따랐으니까. 어머닌 날 사랑하면서도 날 버렸어. 아버지가 날 버렸기 때문이지."

"왜 그대의 아버지는 그댈 버렸지." 부처는 낮은 목소리로 물었다.

"내가 아버지 뜻을 따르지 않고 복종하지 않고 거역했

으니까. 난 내 힘으로 일어서서 내 길을 가고 싶었어. 그런데 아버진 날 내버려두지 않았어. 어느 날 나는 아버에게 주먹질을 했어. 너무나 화가 났었지."

부처는 눈을 감았다. 그는 깊이 숨을 고르더니 위로의 목소리로 말했다. "앙굴리말라, 그대는 너무 화가 나서 그대와 그대의 아버지가 별개의 존재라고 본 게 아니었나? 그런 분리감 때문에 그대와 아버지가 다툰 것이 아니었나? 앙굴리말라, 그대가 아버지를 포기하기 전에 그대는 스스로 유대감을 포기해버린 게 사실 아닌가? 그렇다면 그대 자신이 모든 포기의 원인이었던 게 사실 아닌가? 앙굴리말라, 나는 그대의 친구다. 그리고 나는 그대의 고통과 문제의 원인을 그대가 알 수 있도록, 그대의 슬픔과 고난을 알 수 있도록, 그대의 행위에 대한 책임은 다름아닌 그대 자신에게 있다는 점을 알 수 있도록 도와주고 싶다."

앙굴리말라는 말없이 서 있었다. 그 어느 누구도 그에게 이렇게 맞선 적이 없었다.

앙굴리말라는 자신의 어린시절을 기억해보았다. 박탈의 시기였다. 그는 신분이 높은 아이들에게 모욕을 당하던 나날을 떠올렸다. 아버지는 태생이 우월한 사람들한테 무시당하고 따돌림을 받았다. 앙굴리말라는 아버지에게 분풀이를 하는 것밖에는 자기의 화를 다스리는 방법을 알지 못했다. 하지만 아버진들 무슨 수가 있었겠는가? 불쌍한 사람. 아버지 역시 자기 태생과 환경의 희생자였던 것이다. 앙굴리말라가 자기 아버지와 자기 가족을 탓한 것은 자기가 속한 사회의 조건을 바꾸는 데 아무런 해결책이 되지 못했다. 그는 이 승려 같은 사람, 부처라는 이 사람을 더 일찍 만났어야 했다고 생각했다. 그랬다면 자기 말을 들어주고, 자신과의 외로운 싸움에서 벗어날 수 있도록 인도해 주었을 것이라 생각했다.

잠시 상념에 젖어 있던 그는 이렇게 말했다. "나는 내 인생을 이런 식으로 생각해본 적이 한번도 없어. 나는 집을 버리면서 내 자신과 내 가족과 나 같은 사람들의 자유와 존엄을 찾아 그리 한 것이야. 그러다 어느 주술사를 만났어. 그는 자기 말로 '칼날에서 나오는' 힘을 나눠주는 사람이었어. 난 그 사람에게 이렇게 말했어. '힘을 갖고 싶습니다. 어떻게 해야 합니까?' 그 주술사는 응답으로 이 칼에 주술을 불어넣고는 나에게 주었지. 그는 이렇게 약속했어. '이 칼로 사람 백 명을 죽여서 손가락 천 개를 꿰이 목에 걸고 나니면 네 의지를 다른 사람들에게 강요

할 수 있으며 세상을 지배할 수 있을 것이다.' 그 뒤부터 나는 죽임의 사명을 다하여 무적의 강자가 되려 하고 있지. 그런데 당신이 나타나서 나에게 완전히 다른 이야기를 하고 있어. 당신은 주술사인가?"

"나는 그대가 자기 안에서 힘을 발견하길 바란다. 자기 안의 힘은 남들을 지배하는 힘보다 더 위대하다. 그대와 그대 같은 사람들이 고통을 겪는 것은 왕과 카스트제도에 얽매인 사회가 그대들에게 힘으로 억누르기 때문이다. 이제 그대는 남들에게 그대의 힘을 휘두르길 바라고 있다. 사랑의 힘을 발휘해보라. 본성의 힘은 칼의 힘보다 강하다. 사랑의 힘은 그대 안에서 자라는 것인 반면, 칼의 힘은 바깥에서 주어지는 것이다. 나무가 씨앗에서 자라듯, 사랑의 힘은 본성에서 자라는 것이다. 힘을 자기 안에서 찾아 스스로의 빛이 되어라."

앙굴리말라는 당혹스러워졌다. 그는 이렇게 말했다. "칼의 힘은 곧바로 나타나고 아주 명료하지. 하지만 난 본성의 힘에 대해서는 아는 게 전혀 없어."

앙굴리말라가 혼란스러워하는 모습을 보며 부처는 미소를 지었다.

"칼의 힘은 남들의 나약함과 굴종과 무기력에 의존한다. 그러나 사랑의 힘은 모든 사람들에게 힘을 주지. 그것은 스스로 만들어져서 스스로 지속이 가능한 힘이다. 인간이든 인간 아닌 것이든, 모든 존재는 이 본연의 힘을 본래 갖고 있는데, 이 힘은 상호관계와 상호작용과 우정과 사랑이 서로 관계를 가질 때 나타난다. 남들을 지배하고 남들과 갈등하려는 모든 노력은 눈물과 좌절과 절망, 아니면 눈물로 끝이 나기 마련이다."

"그린데 내가 왜 당신을 믿어야 하지?" 앙굴리말라가

끼어들었다. "당신이 말하는 게 맞는지 내가 어떻게 알지?"

"내가 이렇게 말하는 건, 앙굴리말라, 내가 그걸 직접 체험했기 때문이다" 하고 부처가 대답했다.

"당신은 어떻게 그걸 겪었지? 당신은 어쩌면 그렇게 두려움이 없을 수 있지? 어떻게 아무 것도, 심지어 죽음도 두려워하지 않고, 내가 죽일 수 있다는 걸 알면서도 나에게 올 수 있지? 당신은 대체 누구야?"

"나는 깨어난 자다. 나는 부처다."

"어떤 꿈에서 깨어났단 말인가?"

"분리와 무지와 번뇌의 꿈에서, 남들을 통제하고 남들에게 권력을 휘두르기를 바라는 꿈에서. 나는 왕자로 태어났다. 궁궐이 많았고, 수많은 말과 수많은 코끼리와 수많은 군인과 수많은 하인이 있었다. 그대로 있었으면 왕이 되었겠지. 황제가 되기 위해서 이웃 나라들을 정복했을 수도 있다."

"그러다 어떻게 됐지?"

"그러던 어느 날, 나는 궁궐 밖을 나가보았다. 나는 늙은 사람을 보았고, 병든 사람을 보았고, 죽은 사람을 보았다. 그러자 내가 가진 궁궐들과 군인들과 다이아몬드가 많다 하더라도 내가 아픔과 늙음과 죽음을 피할 길은 없다는 사실을 깨닫게 되었다. 그렇게 되면 그 모든 권력과 재산이 무슨 소용인가 하는 생각이 들었다. 그래서 앙굴리말라 그대처럼 나 또한 아버지, 어머니, 아내, 아이, 왕국을 버렸다. 하지만 그건 화가 나서 그랬던 일도, 남들을 지배하려는 욕심에서 했던 일도 아니었다. 내면의 힘을, 마음의 힘을, 사랑과 자비의 힘을 실현하기 위한 일이었다."

"자기를 죽이려는 사람과 어떻게 친구가 될 수 있단 말인가?" 앙굴리말라가 따져물었다.

"나는 만인의 친구다. 나는 예언자도, 구루(영적 지도자)도, 성인도 아니다. 나는 살아있는 모든 것들의 친구이며 자질이나 지위이나 재산이나 신분과는 상관없이 모든 인류의 친구다. 나는 착한사람이라고 칭찬받는 사람들의 친구다. 그런가 하면 악인으로 비난받는 사람들의 친구이기도 하다. 나는 특히 빼앗기고 소외당하고 가난한 사람들의 친구가 되는 것을 즐겨한다. 위대하고 선한 사람들의 친구가 되는 것은 쉬운 일이다. 그보다 나는 살인자, 테러리스트, 범인이라는 딱지가 붙은 사람들과의 우정을 소중히 여긴다. 나는 그들을 위로하길 원한다. 그들은 악한 것이 아니라 단지 잠들어 있으며 무지하며 유대가 끊어진 것뿐이다. 우정은 끈을 이어주고 잠을 깨우는 길이다."

"그렇지만 나로서는 나한테 힘을 행사하는 사람들과 친구가 되기는 힘들어. 화가 난단 말이야."

"그래서 내가 온 것이다, 앙굴리말라. 난 그대의 손을 잡고 싶다. 나와 함께 가지 않겠는가? 난 슬픔과 고통의 강 너머로 그대를 데려가려고 한다. 그대를 해방의 강기슭으로 데려갈 것이다. 난 그대의 번뇌가 끝날 수 있다는 것을 그대가 알기를 바란다. 그대의 화와 소외는 영원한 것이 아니다. 변화는 생명의 영원한 법칙이다. 그대, 변화를 끌어안겠는가? 그대는 내 머리와 내 열 손가락을 가질 수 있다. 아니면 나의 전부와 내 우정을 가질 수 있다. 선택은 그대의 몫이다. 이제 결정할 때가 왔다."

이토록 자극적인 말은 견디기 힘든 것이었다. 칼은 이

미 앙굴리말라의 손에서 흘러내렸다. 그는 흐느끼기 시작했다. 그는 신분이 높은 왕자가 천한 신분으로 태어나 매일같이 살인을 저지른 사람의 이야기를 어떻게 들어줄 수 있는지 이해할 수가 없었다. 앙굴리말라는 궁금했다. '왕의 아들이었던 이 사람이, 한 종교의 고승인 이 사람이 나에게 말을 걸고 우정을 베풀 수 있단 말인가? 나와 가까이 지내다 보면 곤란을 겪을 것이 뻔하다는 사실을 분명 알지 않겠는가?'

　　의심으로 가득 찬 앙굴리말라는 혼란스러운 상태로 일어섰다. 부처의 달래는 듯한 평화로운 말, 약속과 갈망으로 가득 찬 그의 깊은 눈은 앙굴리말라를 뼛속까지 뒤흔들었다. 그는 마술에 홀린 듯, 부처의 모습을 보고 감동을 받았다. 멍하니 침묵 속에 머뭇거리며 서 있던 앙굴리말라는 부처가 자리를 떠나 걸어가는 모습을 보았다.

부처가 떠나가자 앙굴리말라는 칼을 들고 쫓아갔다. 그의 마음은 아직 불확실했지만 몸은 움직였다. 부처는 더 빨리 걸어갔고, 앙굴리말라는 뒤쳐졌다. 그는 부처를 따라잡기 위해 속도를 더 냈지만 쫓아갈 수가 없었다. 그러자 그는 달리기 시작했다. 그는 이런 생각을 했다. "달리는 말이나 내딛는 사슴도 잡았던 내가 아니던가. 그런데 보통 걸음으로 걸어가는 것 같은 중을 따라잡을 수 없다니. 대체 어찌된 일이지?"

"멈추시오 스님, 멈춰요." 그는 외쳤다. "날 두고 가지 마시오."

"난 이미 멈췄다 앙굴리말라" 하고 부처는 말했다. "난 오래 전에 멈추었다. 그런데 그대는 어떤가? 그럴 생각이 있는가?"

"나보나 너 빨리 설어가면서 멈췄다니 그게 무슨 말이

오? 아직도 움직이고 있는데 어떻게 멈췄단 말이오?"

"난 오래 전에 멈추었다" 하고 부처는 말했다. "아직 멈추지 않은 건 그대다. 나는 다른 사람들을 짓밟기를 멈추었고, 남들을 통제하고 지배하려는 욕심을 멈추었다. 하지만 그대는 남을 죽이고 제압하는 데 자유가 있다고 생각하고 있다. 진정한 멈춤은 자신의 목적을 위해 다른 사람들의 삶에 간섭하기를 멈추는 것이다. 그대는 남들이 가하는 억압에 반항하지만, 그대 자신이 압제적인 사람이다. 그대는 곳곳의 읍내와 마을을 공포에 떨게 만들고 테러를 범하고 있지 않은가. 테러가 어떻게 자유를 가져올 수 있겠는가."

"인간은 서로를 사랑하지 않소." 앙굴리말라가 대답했다. "부자는 가난뱅이에게 잔인하잖소. 귀족은 천민에게 악덕과 기만을 일삼지 않소. 그런데 내가 왜 그들을 사랑해야 하오? 난 그놈들을 모두 죽일 때까지 멈추지 않을 거요."

"앙굴리말라, 나는 그대가 귀족과 부자와 권력자의 손에 고통 받았다는 것을 안다. 이 세상에는 무자비가 있다. 하지만 무자비는 무자비로 해결되는 것이 아니다. 억압은 억압에 의해 끝날 수 없다. 불이 났는데 불을 더 끌어 붓는다 해서 꺼지는 것이 아니다. 무자비는 자비로, 증오는 사랑으로, 불의는 용서로 극복하려 해야 한다. 증오와 폭력의 길을 가는 여행을 이만 멈춰라. 그것이 진정한 멈춤이다. 멈춤은 평정으로, 평정은 휴식으로, 휴식은 치유로 이어진다. 그것은 자신을 위한 치유일 뿐만 아니라 남들을 위한 치유이기도 하다."

부처는 앙굴리말라의 눈을 들여다보며 이렇게 말했다.
"그대가 만일 사람 백 명을 죽이고 나서 남들의 삶을 마음대로 할 수 있게 되면 행복해질 것이라 생각한다면, 스스로를 속이는 일이다. 그대는 지금 행복한가?" 하고 부처는 물었다.

"아니, 행복하지 않소" 하고 앙굴리말라는 털어놓았다.

"그렇다면, 지금 현재 불행의 씨앗을 뿌리고 있는데 어찌 미래에 행복해질 생각을 한단 말인가? 어찌 엉겅퀴 씨앗을 뿌리고 장미를 기대할 수 있는가? 지금이야말로 온전하게 살고 행복하게 살 수 있는 순간이다. 오늘 전혀 행복하지 않는데 어찌 내일 행복하리라 기대할 수 있는가? 행복은 친절에게서 태어난다. 그대가 친절할 때 그대는 행복해지며, 그대가 행복할 때 그대는 친절해진다."

부처의 말은 앙굴리말라의 가슴 깊숙이 뚫고 들어갔다. '나는 이렇게 바라보고 말하고 미소 짓는 사람을 여태 한번도 본 적이 없다'고 그는 생각했다. 그는 자기 방법의 부질없음을, 죽임과 폭력의 부질없음을, 권력의 부질없음을 깨달았다. 앙굴리말라는 자신이 처한 곤경을 쳐다보았다. 비참한 꼴이었다. 그는 자신의 과거를 되돌아보았다. 혼란스러웠다. '부처의 도움과 조언과 우정을 거부하고 살인극을 계속 벌인다면 내가 진정으로 얻을 게 무엇일까?' 앙굴리말라는 혼자 뇌까렸다. 이제 판단의 순간, 자기 스스로 깨닫고 깨어날 순간이 되었다.

부처는 앙굴리말라의 눈을 들여다보았다. 마치 이렇게 재촉하는 것 같았다. '선택을 해, 앙굴리말라. 선택을 해! 나를 죽이든지, 나에게 내맡기든지.' 갑자기 돌파구가 보였다. 앙굴리말라는 칼을 땅에 꽂아버리더니 손가락 목걸이를 잡아 뜯고는 땅에 박힌 칼을 뽑아들고서 널따란 칼날로 땅에 재빨리 구덩이를 팠다. 그리곤 목걸이를 구덩이에 던져 넣고 흙으로 덮어버렸다.

"자 여기 있다. 자 여기 있다. 꺼져버려라 목걸이야. 꺼
져버려라 칼아. 꺼져버려라 폭력아. 난 이제 멈췄다."

부처는 앙굴리말라의 행동을 경이로운 듯 바라보았다.
그는 전사戰士나 귀족이나 매춘부나 여왕이나 왕이 마음
의 변화를 겪는 모습을 많이 보았다. 하지만 이토록 빠른
교화는 처음 목격했다.

"알았다, 앙굴리말라. 알았다. 이제 그대는 멈추었다"
하고 부처는 미소를 지었다. 앙굴리말라는 목걸이와 함께
자신의 모든 분노도 묻어버렸다. 뱀이 허물 벗듯 던져버
렸다.

이제 두 사람은 평화로운 숲 속을 아무 말 없이 함께
걸었다. 새들은 지저귀었고 천사들은 미소를 지었다. 둘
은 연꽃 가득한 연못에 다다랐다. 부처는 가만히 서서 연

꽃 하나를 집어서 앙굴리말라 앞에 들어보였다.

"이것을 보아라. 이 연꽃을 보아라. 뿌리는 진흙 속에 깊이 박고 있지만 꽃은 언제나 물 위에 피어 있다. 아무리 많은 비가 내려도 연꽃은 그 비를 다 털어낸다. 연꽃은 연하고 온화하고 기쁨을 주고 아름답고 정답다. 우리도 그런 성품을 받아들인다면 연꽃처럼 될 수가 있다."

앙굴리말라는 부처의 왼손을 잡더니 굳게 쥐었다. 이는 하나의 신호였고, 부처는 이를 이해했다. 앙굴리말라는 부처를 따라 제타 숲까지 가기로 결정했다.

"앙굴리말라, 그대가 그대 고난의 원인이었듯이 그대는 그대 행복의 열쇠이기도, 그대 기쁨의 원천이기도 하다. 내면의 힘은 지속적인 평화를 가져다준다. 나는 그대의 눈에서 평화를 볼 수 있다, 앙굴리말라. 나는 많은 사람들이 비꾸고 교화되는 것을 보아왔다. 하지만 그대는 대단히 특별하다. 교화가 순식간에 일어나버렸다."

"저는 스승님을 보자마자 무언과 연결되어 있다는 느낌을 받았습니다. 이제는 제 자신이 온 우주와 연결되어 있다는 걸 알게 되었습니다."

　부처의 수제자 중 한사람인 아난다(줄여서 아난阿難이라고도 한다. 석가의 사촌동생이기도 하다─옮긴이)는 제타 숲에 있다가 석가세존의 곁에 우락부락한 사람이 성큼성큼 걸어오는 모습을 보고 질겁을 했다. 그는 피로 얼룩진 옷을 두려운 눈으로 보았고 악취에 몸을 움찔했다. 그는 부처가 다음과 같이 선언했을 때 자기 귀를 의심해야 했다. "우리에게 새로운 친구, 아힘사카('해롭지 않은 사람')가 왔다. 그는 제타 숲에 살게 된 새로운 동료다. 부디 그에게 가사袈裟와 발우鉢盂를 주고, 승려의 길을 가기 위한 수행을 베풀어라. 부디 그를 환대하고 그가 편안하도록 할 수 있는 일을 다해 주어라."

아힘사카는 빨리 배웠다. 그는 금세 공동체에 융화되었다. 며칠이 되지 않아 그는 물고기가 물을 만난 듯, 제타 숲의 생활에 완전히 적응했다. 그는 부처의 가르침을 잘 이해했을 뿐만 아니라 남들에게 명쾌하게 설명을 해줄 수도 있게 되었다.

귀의

사바티를 다스리는 왕인 파세나디(석가모니 생존시 북인도 코살라 왕국의 왕이다. 한역으로는 파사익波斯匿이라 한다. 기원정사祇圓精舍를 지을 땅을 보시한 기타태자의 부친이기도 하다-옮긴이)와 그의 군대가 생각하기에는 테러리스트인 앙굴리말라는 숲 속에 숨어서 여전히 활개를 치고 다니며 언제나 교묘히 빠져 달아나는 골칫덩이였다. 그들은 여러 주 동안 그를 잡으러 다녔지만 모든 노력은 번번이 수포로 돌아갔다. 왕은 몸소 추적에 앞장을 서서 돌멩이 하나, 동굴 하나, 골짜기 하나 남김없이 다 뒤지겠다고 단언했다. 머지않아 산 채든 죽은 채든 앙굴리말라를 잡아내고 말겠다고 했다.

왕은 말을 탄 5백 명의 정예군을 이끌고 앙굴리말라 수색을 시작했다. 그는 문명의 적을 찾아내 처단한다는 결의에 차 있었다. 그들은 제타 숲 부근에서 행진을 멈추었다. 부처와 다른 승려들이 대나무 오두막에 기거하고 있는 곳이었다. 왕은 군사들을 멈추게 한 뒤 전령을 보내 세존께 직접 경의를 표하고 싶다는 뜻을 전했다. 부처가 그 요청에 응하자 왕은 제타 숲으로 걸어서 들어갔다.

부처는 오두막에서 나와 왕을 맞았다.

"어서 오십시오, 전하. 뜻밖에 찾아주시니 반갑습니다."

왕과 부처는 가까이 있는 망고나무 곁으로 걸어가서 긴 의자에 앉았다. 부처가 찾아오는 손님을 늘 맞이하는 곳이었다.

부처가 먼저 물었다.

"무슨 일이 있습니까, 위대한 왕이시여? 왕국에 적이 쳐들어오기라도 했습니까? 아니면 다른 적대 세력이 나라를 범하기라도 했습니까? 몸소 전투복을 입고 저토록 많은 말 탄 군사들과 함께 다니시는 모습은 좀처럼 보기 드문 일이 아닌가 합니다."

왕은 대답했다. "아닙니다. 무슨 침략이 있었던 건 아닙니다. 대신에 적이 우리 안에 있습니다. 길 가는 사람들을 공포에 떨게 만들고, 숲 속에 매복하고 있다가 방심하고 있던 무고한 사람들을 습격하여 가리지 않고 죽이는 악한이 있습니다. 깨달으신 분이여, 제가 이렇게 찾아온 것은 이곳이 선생님이나 선생님 제자들이 계시기에 안전한 곳이 아니니 조심하라고 당부를 하기 위해서입니다. 제타 숲을 지키도록 제 군사들을 몇명 남도록 해도 되겠습니까? 선생님의 안전은 제게 가장 중요한 문제입니다."

부처는 왕이 이야기하는 사람이 누구인지 알면서도 이렇게 물었다.

"전하를 그토록 어렵게 만들고 전하의 평화를 깨는 사람이 대체 누구입니까?"

"그자는 앙굴리말라라고 하는 괴물 같은 미치광이입니다. 도살자이며, 온 인류를 증오하는 자입니다. 우리는 그를 잡으러 나왔습니다. 하지만 먼저 사람들을 보호해야 합니다."

부처는 왕에게 앙굴리말라를 잡으러 다닐 필요가 없다는 말을 할 방법을 찾는 것밖에 다른 도리가 없다고 생각했다.

"전하, 만일 앙굴리말라가 살인극을 그만두었다고 제가 말한다면 저를 믿으시겠습니까?"

"아니, 그 말은 믿을 수 없습니다. 선생님은 이 사악한 인간이 얼마나 악독한지 모르십니다. 그자는 절대 바뀌지 않습니다. 유일한 해결책은 그자를 체포해서 처형하는 것뿐입니다."

부처는 침묵에 빠지면서 앙굴리말라가 귀의했다는 소식을 어떻게 꺼내놓을지 생각했다. 잠시 사색에 빠져 있던 부처는 이렇게 말했다.

"전하, 모든 것은 변하기 마련입니다. 우리는 모두 변화할 수 있습니다. 단순히 변화할 수 있는 것만이 아닙니다. 변화는 불가피한 것입니다. 변화하지 않는 것은 단 하나뿐입니다. 그것은 '변화 그 자체'입니다."

"무슨 말씀을 하시는 건지요? 훌륭한 철학적 원칙을 말씀하시는 건 좋습니다. 하지만 우리가 이야기하고 있는 대상은 확실한 범죄자입니다. 이 경우에 우리가 기대할 수 있는 유일한 변화는 앙굴리말라가 나쁜 놈에서 더 사악한 놈으로 변한다는 것뿐입니다. 앙굴리말라가 사악한

행위를 단념할 가망은 어디에도 없습니다."

"전하, 만일 앙굴리말라가 승려가 되어, 저와 제 공동체와 제 가르침 속에 은거하고 있다고 하면 어쩌시겠습니까? 만일 그가 삭발을 하고, 발우와 가사를 들고서 모든 폭력을 단념했다고 한다면요? 만일 앙굴리말라가 남자나 여자는커녕 파리 한 마리, 모기 한 마리도 해치지 않기로 결심했다면요?"

"깨달으신 분이여, 그건 상상도 할 수 없는 일입니다. 대체 무슨 말씀을 하시려는 건지 종잡을 수가 없습니다. 무슨 증거라도 가지고 계시는 겁니까?"

"전하, 제가 증거를 보여드리기 전에 먼저 한 가지 여쭤보고 싶은 게 있습니다. 만일 제가 말하는 게 사실이라면 앙굴리말라를 사면해 주시겠습니까?"

"깨달으신 분이여, 저는 왕입니다. 정의를 떠받들고 죄를 저지른 자들에게 벌을 주는 것이 제 본분입니다. 앙굴리말라가 죽임을 당한 사람들의 아비와 어미, 형제와 아내가 정의를 요구하며 울부짖을 텐데 제가 어찌 앙굴리말라를 사면해 줄 수 있겠습니까?"

"전하, 폭력은 폭력을 낳습니다. 복수와 정의는 같은 것이 아닙니다. 누군가가, 어디선가 폭력이 일으키는 악순환의 고리를 끊을 용기가 필요합니다. 용서는 정의보다 위대합니다. 자신에게 잘해 주는 사람에게 친절과 자비를 베푸는 것은 쉬운 일입니다. 진정한 용서와 자비는 야만적인 행위를 저지른 사람일지라도 용서해 줄 수 있을 때 나타나는 것입니다. 앙굴리말라가 폭력을 그만둘 수 있다면 말입니다 전하, 전하의 개명한 사회 또한 진정으로 개명하여 폭력을 거둘 수 있지 않겠습니까?"

왕은 말을 잃었다. 그는 이런 어려운 권유를 받아본

적이 없었다. 정의냐 자비냐를 선택하는 것은 어려운 일이었다. 그는 가만히 앉아서 부처를 바라보았다.

잠시 정적이 흐른 뒤 부처는 일어났다.

"잠시 산책을 하시지요, 전하."

두 사람이 걷는 동안 왕은 거듭 이야기했다.

"앙굴리말라는 철두철미한 악한입니다. 실수하지 마십시오. 설사 그가 바뀐 척한다 해도 저는 그가 정말 바뀔 수 있다고는 믿지 않습니다."

왕의 목소리에는 절박함이 묻어났다.

"악덕은 무지에서 비롯합니다, 전하. 무지를 걷어내버릴 때 우리는 깨우치게 되는 것입니다."

부처와 왕은 아름다운 연꽃이 가득한 연못으로 걸어갔다. 부처는 연꽃을 하나 집어서 자신과 왕 사이에 들고 서서는 이렇게 말했다.

"전하, 연꽃에게는 적이 없습니다. 연꽃은 화를 낼 줄
도 모릅니다. 연꽃은 누구를 기쁘게 할지, 누구를 불쾌하
게 할지 모릅니다. 연꽃은 판단하지 않습니다. 연꽃은 성
인에게도 죄인에게도 기쁨을 줍니다. 인간은 왜 연꽃처럼
될 수 없을까요? 앙굴리말라는 화로 가득 차 있었기 때문
에 사람들을 죽였습니다. 전하 역시 화로 가득 차서 그를
죽이려 하고 있습니다. 화를 어떻게 더한 화로 다스릴 수
있을까요? 땔감을 보탠다고 해서 불이 꺼지는 것이 아닙
니다. 불은 물이 있어야 끌 수 있습니다. 우리는 사랑으로
만 미움을 극복할 수 있습니다. 신뢰로만 두려움을 극복
할 수 있습니다."

부처는 왕에게 연꽃을 주고는 그의 손을 잡았다. 두 사
람은 계속해서 산책을 했다.

몇 걸음을 가다보니 나무 한 그루가 더 있었다. 나무 밑에는 대나무로 만든 연단이 있었다. 음성이 맑은 한 승려가 모여 앉은 사람들에게 설법을 하고 있었다. 부처와 왕은 멈춰서서 이야기를 들었다.

"네 가지 성스러운 진리(사성제四聖諦)가 있습니다. 고난이나 슬픔이나 고통, 어려운 문제 같은 것들은 삶의 일부입니다. 이런 것들을 부정해봐야 아무 소용이 없습니다. 피해서 달아나려 해도 아무 소용이 없습니다. 그것이 바로 첫번째 진리입니다.(고성제苦聖諦) 하지만 모든 문제나 고통에는 원인이 있기 마련입니다. 충분히 깊이 살펴보면 우리는 우리의 무지, 우리의 자아, 우리의 집착, 우리의 눈먼 욕망 때문에 스스로 고난을 초래하고 있다는 사실을 깨닫게 됩니다. 이것이 두번째 진리입니다.(집성제集聖諦) 그렇다고 낙담하여 희망을 포기할 필요는 없습니다. 모든 것은 변합니다. 시작이 있으면 끝이 있습니다. 고통은 끝날 수 있습니다. 문제는 풀릴 수 있습니다. 우리는 우리의 집착을 놓아버리고, 삶을 있는 그대로 더 잘 받아들이는 법을 배울 수 있습니다. 이런 식으로 우리의 문제와 고통은 풀릴 수 있습니다. 이것이 세번째 진리입니다.(멸성제滅聖諦) 우리가 단순히 운명의 희생자인 것만은 아닙니다. 우리는 삶의 과정에 활발히 참여할 수 있습니다. 우리가 슬픔을 극복하고 괴로움을 끝낼 수 있도록 도와주는 방법들이 있습니다. 이것이 네번째 성스러운 진리입니다.(도성제道聖諦)"

이런 말을 들으며 왕은 감명을 받고 영감을 얻었다.

"저토록 심오한 통찰과 이해력을 가진 저 새로 온 스님은 누구입니까?" 하고 그는 물었다. "전에 본 적이 없는 분입니다. 사성제를 너무나 간단명료하게 설명하는군요.

저분이 그런 지혜를 제 왕국의 모든 사람들에게 가르쳐주면 좋겠습니다."

"그렇습니다, 전하. 하지만 이런 사실을 염두에 두시기 바랍니다. 그의 이름은 아힘사카, 즉 해롭지 않은 사람이라는 뜻입니다. 전에 그의 이름은 앙굴리말라였습니다. 전하께서 처벌하고자 하는 바로 그 앙굴리말라 말입니다."

왕은 충격적인 사실에 너무 놀랐다. 머리털이 쭈뼛 곤두섰다. 현기증을 느낀 왕은 이내 졸도를 하며 땅바닥에 쓰러져 땀을 흘렸다. 부처는 무릎을 꿇고는 몸에 걸친 가사의 한 모서리로 왕에게 부채질을 해주었다. 아힘사카는 누군가 갑자기 쓰러진 것을 알아챘다. 그는 설법을 멈추더니 연못가로 달려가 물을 한 사발 떠왔다. 그는 자기 가사를 한 조각 찢어서 물에 적신 다음 왕의 이마에 대주었다. 그러더니 왕의 발을 문질러서 혈액순환이 잘 되게 했다. 잠시 뒤 왕은 의식을 회복하여 일어나 아힘사카와 대면하게 되었다. 두 사람은 눈을 마주쳤고, 말없이 무언가를 나누었다. 자비가 왕을 압도했다.

"고맙소, 아힘사카. 보살펴주셔서 고맙소. 당신은 치유의 손을 갖고 있군요. 당신의 설법을 듣고 감명을 받았소. 나는 부처님께서 당신 이야기를 하실 때 믿지를 않았소. 이제는 당신이 완전히 바뀌었다는 것을 확신하겠소. 하지만 부디 제타 숲을 떠나지는 마시오. 이 성역 바깥에서는 안전하지 못할 것이오."

"전하, 저는 전하의 백성들에게 엄청난 피해를 입혔습니다. 저는 번뇌와 상실을 불러일으켰습니다. 그들로부터 사랑하는 사람들을 앗아가 버렸습니다. 그러니 치유의 노고를 떠맡고 불화의 씨앗을 제거하는 것이 제 신성한 의

무입니다. 저는 두려움을 극복하여 사바티로 가야 합니다. 저는 제 과거, 그리고 미래와 맞대면해야 합니다."

두려움

며칠 뒤 아힘사카는 부처가 지내는 대나무 오두막으로 들어갔다. 스승은 가부좌 자세로 앉아 호흡을 가다듬고 있었다. 아힘사카는 한쪽에 앉아 부처가 깊이 숨을 쉬는 모습을 바라보았다.

부처가 자신이 온 줄 알아챈 것을 본 아힘사카는 이렇게 물었다. "깨달으신 분이여, 사바티로 가서 제가 해를 끼친 사람들의 용서를 구하도록 허락해 주시겠는지요? 가서 탁발托鉢을 하면서 스승님께 배운 것들을 사바티 사람들과 조금 나누어도 될지요?"

"물론이다, 아힘사카. 가서 걸식을 해도 좋다. 대신 하루에 한번만 하도록 해라. 누가 떡 두 조각을 주거든 하나만 갖도록 해라. 한집에서 한번만 음식을 얻어먹어라. 그래야 사람들이 승려에게 나눠주는 것을 부담스러워하지 않을 것이다. 걸식을 하되 꿀벌처럼 해라. 꿀벌은 이 꽃에서 저 꽃으로 옮겨 다니며 한번에 조금씩만 꽃 속의 꿀을 얻는다. 꿀벌이 해를 끼친다고 불평하는 꽃은 없다. 탁발하는 승려도 그와 같아야 한다."

"알겠습니다, 깨달으신 분이여. 저도 꿀벌과 같이 하겠습니다. 그런데 저를 알아보고 저를 학대하며 저에게 욕을 퍼붓는 사람들이 있을 것입니다. 스승님, 부디 가르쳐 주십시오. 제가 어떻게 대응해야 합니까?"

"사람들은 원래 친절하며, 말로만 그대를 학대할 뿐이라고 스스로에게 말해라. 적어도 그들은 그대를 때리지는 않았으니 그것만으로도 감사해라."

"하지만 너무 화가 나서 저를 때리는 사람들도 있을 겁니다. 그러면 전 어떻게 해야 합니까?"

"아힘사카, 그대에게 힘든 일일 것이다. 하지만 묵묵히

견뎌라. 그리고 그들이 그대를 때릴 뿐이지 그대에게 돌을 던진 것은 아니라는 생각을 해라."

"저에게 돌을 던지는 사람이 있을 수도 있습니다. 그러면 어떻게 해야 합니까?"

"그것은 그대에게 더 힘든 시련이 될 것이다. 하지만 그럴 때에도, 비록 그들이 그대에게 돌은 던질지언정 적어도 주먹으로 쥐어박거나 발로 걷어찬 것은 아니라는 생각을 해라."

"그렇지만 제가 피를 흘리며 쓰러지도록 주먹질을 하고 발길질을 하는 사람이 있을 거라고 생각합니다."

"그렇다면 아힘사카, 인내에 관한 내 가르침을 기억해라. 그리고 비록 아프고 부상당하고 피가 터지더라도 그들이 그대를 죽인 것은 아니라고 스스로에게 말해라."

"감사합니다, 스승님. 그런데 그들이 저를 죽이면 어쩝니까?"

"아힘사카, 태어난 자는 언젠가 죽기 마련이다. 죽어가면서 아직 의식이 있다면, 그대가 몸에서 해방되고 있다고 생각해라. 그리고 마음의 짐이 되던 모든 기억에서 해방되고 있다고 생각해라. 죽음은 해방으로 통하는 문이다. 그것에 감사해라."

"스승님의 가르침은 제게 용기를 줍니다. 이제 죽음의 두려움에서 자유로워졌습니다. 이제 사바티로 가는 여행을 떠나도 되겠습니까?"

"그렇다, 아힘사카. 떠나도 좋다. 읍내의 동쪽 거리로 가거든 파란 대문이 있는 커다란 초가를 찾아보아라. 집 앞에는 우물이 있고 보리수菩提樹가 한 그루 있다. 그곳은 난디니의 집으로, 그 여자는 내 친구이자 제자다. 그대가 그 여자에게 탁발을 해도 좋겠다. 그리고 내 축원을 전해주기 바란다."

***

아힘사카는 사바티로 갔다. 읍내는 숱한 살인의 충격에서 서서히 벗어나고 있었다. 지난 몇 주 동안 갑자기 모든 것이 잠잠해졌다. 더 이상 앙굴리말라가 저지른 살인은 일어나지 않았다. 경찰도 이미 경계를 늦추었다. 앙굴리말라가 숲속에서 사자에게 잡아먹혔다거나, 그가 고행을 시작했다거나, 왕이 그를 붙잡아서 지하감옥에 몰래 감금하고 있다는 소문이 나돌고 있었다. 앙굴리말라에게 무슨 일이 일어났는지 아무도 확실히 알지 못했다.

***

아힘사카는 난디니의 집 앞, 보리수 아래에 서 있었다.

문이 잠겨 있어서 그는 기다렸다가 난디니에게 부처의 안부를 전해주기로 했다.

"읍내에서 스님을 다 보니 참 좋군요. 이제 모든 게 정상으로 돌아오나 보네요" 하고 길가는 사람이 말했다.

"부처님 제자들은 비폭력을 믿는 사람들이지요. 하지만 스님 같으면 살인자를 만나도 비폭력을 행할 수 있습니까?" 하고 다른 사람이 말했다.

승려는 이런 말을 침착하게 듣고 있었다.

또 한 사람이 큰소리로 말했다.

"비폭력도 좋지만 사회의 건전한 질서를 파괴하기로 작정을 한 끔찍한 범죄자들을 만나고 나면 아무 소용이 없소. 그런 놈들한테는 목을 매다는 방법밖에 없어!"

이 화난 목소리가 승려인 아힘사카의 귀를 파고들었다. 하지만 그는 계속해서 듣고 있었다.

아무 말 없이 서 있는 승려 주위로 몇몇 남녀가 모여들었다.

"아저씨 누구야?" 하고 꼬마 하나가 물었다.

"나는 깨달으신 분 부처님의 제자다. 그분은 자비의 길을 보여주시며 지금 제타 숲에서 우릴 가르치고 계시지."

더 많은 사람들이 모여들었다.

"그 누구도 앙굴리말라 같은 테러리스트에겐 자비를 베풀 수 없소" 하고 군중 가운데 한 사람이 외쳤다.

"부처님은 모든 것에게 자비를 베푸십니다. 그분은 조건없는 사랑을 가르치시지요."

"악한을 어떻게 사랑할 수 있소?" 하고 다른 한 사람이 외쳤다.

"제 스승이신 부처님은 선과 악은 모든 사람의 마음을 지나가는 것이며, 선이 악보다는 더 강한 것이라고 가르치십니다. 그분은 선으로 악을 극복해야 한다고 하시지요."

스님이 이야기할 때 누군가가 소리쳤다.

"이 사람은 앙굴리말라를 동정하는 것뿐만이 아니라 그놈을 닮기까지 했어. 난 그 살인마를 본 적이 있지. 혹시 앙굴리말라가 중 옷을 입고 위장하고 있는 것 아냐?"

"맞아요, 그 말이 맞아. 이 중은 확실히 앙굴리말라를 닮았어."

"당신 대체 누구야? 분명히 살인마를 닮았어! 사실대로 말해!" 사람들은 추궁을 해댔다.

승려는 나직이 말했다.

"과거에 저는 화로 가득 차 있었습니다. 저는 사람들을 죽이고 그들의 손가락을 목걸이에 꿰어 다녔습니다. 그러다 저는 부처님을 만났습니다. 그분은 제 눈을 뜨게 해주었고 제 마음을 바꾸어 주었습니다. 저는 지금 그분의 보살핌 속에 있습니다."

"거짓말하고 있네! 넌 사기꾼이고 범죄자고 악한이고 살인마고 강도고 테러리스트야. 네놈은 처벌을 받아야 돼. 교수형을 당해야 해!"

"넌 내 형제를 죽였어." 한 사람이 외쳤다.

"넌 내 아들을 죽였어." 또 한 사람이 울부짖었다.

"넌 내 남편을 죽였어." 한 여인이 흐느꼈다.

"넌 네가 한 짓의 죄과를 받아야만 돼."

많은 사람들이 한 목소리로 고함을 쳤다.

키가 큰 한 남자가 아힘사카의 얼굴을 때렸다. 누가 한 대를 더 때렸다. 어느 노인은 막대기로 그의 머리를 내리쳤다. 한 소년은 돌을 던졌다. 누군가는 배에 주먹질을 했다. 또 한 사람이 세차게 발길질을 하는 바람에 그는 땅바

닥에 쓰러졌다. 스님은 눈이 시커멓게 멍들었고 온몸이
상처투성이가 되었으며, 피를 흘리기 시작했다.

난디니는 집으로 돌아오다가 성난 군중들 때문에 길이
막혀서 갈 수가 없었다. 난디니의 마부는 사람들 사이로
마차를 비집고 들어가서 샛노란 승복을 입은 승려가 피를
흘리며 땅바닥에 쓰러져 있는 곳으로 갔다. 난디니는 사
람들을 뜯어말리며 외쳤다.

"그만둬요, 그만둬! 어쩌면 그렇게 잔인할 수가 있지
요? 이 스님은 제가 존경하는 스승 부처님의 제자예요.
이분이 입고 있는 옷을 보세요."

난디니는 어깨걸이를 승려에게 덮어주고는 성난 군중
들과 승려 사이를 막아섰다. 그녀는 마부의 도움을 받아
승려를 자기 마차로 옮겼다.

"그놈은 살인마야! 사람을 죽였다니까! 그놈이 앙굴리 말라란 말이야!" 하고 사람들이 외쳤다.

"이분이 앙굴리말라였으면 여러분이나 저를 벌써 죽였을 거예요. 무엇 때문에 앙굴리말라가 가만히 서서 여러분한테 몰매를 맞겠어요? 무엇 때문에 앙굴리말라가 발우를 들고 가사를 걸치고 있겠어요? 여러분이 잘못 보신 거예요."

마차를 타고 떠나며 난디니가 외쳤다.

승려는 아직 의식은 있었지만 대단히 고통스러워하고 있었다. 난디니는 피가 흐르는 그의 머리에 붕대를 감아 주었다.

"암자로 모셔다드리겠습니다, 스님. 어디에 거처하시는지요?"

"저는 제타 숲에서 부처님과 함께 살고 있습니다. 스승님께서 부인께 안부를 전하셨지요. 난디니란 분이시죠?"

"그렇습니다. 저는 지혜로우신 부처님의 열렬한 신봉자입니다. 그분의 가르침과 그분의 사랑이 제 생명을 구했습니다."

"오, 고귀하신 난디니 부인이여. 부처님께서 부인을 칭찬하셨습니다. 그분은 당신을 사랑하십니다."

"서둘러요 마부님. 마차를 더 빨리 몰아요. 너무 늦기전에 스님의 상처를 돌봐야 하니까."

소박함

부처는 난디니의 마차가 급히 달려오는 모습을 보았다. 그는 곧 아힘사카가 봉변을 당했음을 알았다. 그는 아난다에게 님(neem, 인도 전래의 유명한 약용 나무-옮긴이) 나뭇잎을 달인 물과 그냥 물을 가져오라고 했다. 또 습포濕布를 만드는 데 쓸 싱싱하고 효능 강한 야생 약초를 따오라고 부탁했다. 아난다가 치료에 쓸 것들을 서둘러 준비하러 간 사이, 부처는 난디니를 반기며 아힘사카가 마차에서 내릴 수 있도록 어깨로 부축해 주었다. 난디니도 부처를 도와 아힘사카를 부축했다. 아힘사카는 절뚝거리며 가면서도 "괜찮습니다, 괜찮습니다" 하고 말했다.

부처와 난디니는 아힘사카를 부축하여 그의 오두막으로 데려갔다. 다른 스님들과 함께 온 아난다는 아힘사카를 치료했다, 지친 아힘사카는 마음을 놓더니 곯아떨어졌다.

"쉬도록 놔두자" 하고 부처는 속삭였다. "잠이 제일 좋

은 약이다. 깨어날지도 모르니 한 사람은 남아서 계속 지
켜보도록 해라."

부처는 난디니를 만나 대단히 기뻐했으며, 그녀가 아힘
사카를 집으로 데려다준 것을 고마워했다. 두 사람은 망고
나무 아래에 있는 연단으로 걸어가서 앉았다.

"그분이 정말 앙굴리말라입니까? 아니면 사바티 사람
들이 잘못 안 것입니까? 너무나 경건하고 점잖은 분이더군
요."

부처는 앙굴리말라를 만난 이야기와 그를 어떻게 아힘
사카로 교화할 수 있었는지 들려주었다. 그는 또 파세나디
왕이 찾아온 이야기도 들려주었다. 난디니는 크게 놀랐다.
도무지 믿기 힘든 일들이었다. 꿈을 꾸는 것 같았다. 어떻
게 이런 일이 일어날 수 있을까 하는 생각뿐이었다.

"스승님의 변화시키는 힘은 실로 위대합니다, 깨달으신 분이여. 앙굴리말라가 이런 식으로 교화되는 것이 가능하다면 모든 사람들에게도 희망이 있습니다."

"그렇다, 난디니. 그래서 나는 살아있는 모든 것들이 해방되기까지 이 세상에 끊임없이 찾아올 것이다. 나는 마이트레야(미륵)로서, 친구로서 돌아올 것이다. 예언자도, 종교적 지도자나 안내자도, 심지어 선생도 아닌 친구로서 돌아올 것이다. 친구로서 그대에게 이야기한다. 모든 존재는 보디사트바(보살)이다. 누구나 깨달음을 얻을 수 있는, 잠재적인 부처인 것이다."

난디니는 자신이 잠재적인 부처라는 확신은 들지 않았다. 대신에 부처가 자신의 친구라는 생각은 아주 좋았다. 모두가 그를 위대한 구루(영적 지도자)로, 깨달은 종교 지도

자로, 위대한 화신化身 등으로 숭앙하긴 했지만 그런 고매한 칭송들은 격식이라는 장벽과 거리감을 불러일으켰다. 위계와 기대를 만들어냈다. 그래서 부처가 스스로를 친구로 드러낼 때 난디니는 마음이 편안해졌으며, 대단히 개인적인 조언을 구할 생각을 할 수 있었다. 그녀는 이렇게 말했다.

"저는 명상에 관한 스승님의 가르침을 따르려고 하지만 집중하기가 힘듭니다. 욕망에서, 좋고 싫은 것에서, 끌리는 것과 혐오스런 것에서 풀려나기가 힘듭니다. 제 마음은 언제나 원숭이처럼 이리저리 뛰어다닙니다. 부디 말씀해 주십시오, 친구여. 제 마음을 다잡기 위해 모진 애를 써야 합니까, 아니면 마음가는 대로 내버려 두어야 합니까?"

"그 어느 것도 아니다, 난디니" 하고 부처는 말했다. "그대가 시타르(sitar, 기타 비슷한 인도의 현악기-옮긴이)를 연주한다는 상상을 해보아라. 그대는 그것을 어떻게 연주하는가?"

"현이 너무 느슨해지지도, 탄탄해지지도 않도록 조심스럽게 조율을 합니다. 그래야만 시타르 소리가 부드럽게 나지요."

"마음도 마찬가지다, 난디니. 마음이 균형을 이루도록 해주어라. 극단을 피하여 중도를 취하는 것이 더 낫다. 마음을 집중하기 위해 너무 억지로 강요하지도 말고, 마음이 저가는 대로 떠돌도록 내버려두지도 말아라. 명상은 그대의 호흡, 자세, 감정, 지각, 생각, 그대의 마음을 지나치는 모든 것, 그리고 그대의 마음 자체에 집중을 하고 그것들을 자각하는 것이다. 그대 안에서, 그리고 그대와 우주 사이에서 벌어지고 있는 모든 것을 자각하는 것이다. 명상과 일상생활은 서로 떨어뜨릴 수 없다. 그대가 과거나 미래의 속박에 묶어 있기를 그칠 때, 지금 이곳에서 충실하게 현재하고 있을 때, 그것이 바로 명상인 것이다."

"모두 너무나 간단하게 들리는 말씀입니다, 깨달으신 분이여. 하지만 제 기억과 꿈, 의심과 걱정이 저를 사로잡고 있습니다. 제 삶에 무슨 목적이 있기라도 한 건지, 우주의 목적이 있는 건지, 아니면 모든 게 우연히 존재하는 건 아닌지 하는 의문이 듭니다. 심지어 세상이 창조된 것인지, 아니면 시작도 없는 게 아닌지 하는 의문도 생깁니다. 세상이 끝나버리지나 않을까, 아니면 언제까지나 계속될까 하는 의문도 생깁니다. 저는 이렇게 끝없이 궁금해 하고 있기에, 현재 속에서 산다는 것이 불가능하다는 생각을 하고 있습니다."

정적이 흐르는 제타 숲 속에서 난디는 자기 문제를 쏟아내고 있었다. 그녀는 평화로운 부처가 자기라는 존재에게 전적으로 집중하는 모습을 보고 기뻤다.

"그대가 궁금해 하는 모든 것들은 형이상학적인 사색이다. 세상의 시작이 있든 없든 그것이 무슨 상관이겠느냐? 영원히 계속되든, 내일 당장 끝이 나든? 그대의 마부가 화살에 맞았는데 그대는 누가 활을 쐈느냐고 알아보겠느냐? 어디서 날아온 것인지, 어느 대장간에서 만든 것인지, 누가 만들었는지, 화살촉이 쇠로 만든 것인지 구리로 만든 것인지를 먼저 알아보겠느냐?"

"먼저 서둘러서 화살을 빼내주려고 하겠지요."

"그렇다면 고귀한 난디니야, 자아와 집착 때문에 그대와 그대의 이웃이 고통 받고 있는데 왜 아무 상관이 없는 형이상학적인 생각에 빠져 있느냐? 그대의 고통, 고통의 원인, 고통의 중단, 고통을 끝내는 방법을 찾아보는 것이 더 급한 일이 아니냐?"

부처는 명료히게 이야기하고 있었다. 난디니는 부처의

확신이 갖고 있는 힘을 느꼈지만 그녀의 지성은 그것을 거
부하고 있었다.

"그렇긴 하지만 저는 진실을 알아내고 싶습니다" 하고
난디니는 말했다. "화살에 관한 진실 말입니다. 진실을 모
르면서 어떻게 마음 편히 있을 수 있겠습니까? 진실을 알
아내어 사실관계를 확립하는 것은 필수적인 일입니다."

"진실은 여럿 가운데 단 하나의 미덕일 뿐이다. 게다가
그것은 쉽게 포착하기가 어려운 것이다" 하고 부처는 설명
했다. "진실은 여러 미덕과 함께 어울려 있는 것이어야 한
다. 진실을 좇는 것만으로는 충분하지 않다. 특히 현재의
고통이라는 대가를 요구하는 것은 더욱 그렇다. 자비, 사
랑, 아량, 우정, 행복을 추구하는 것도 중요하다. 더욱이
이런 미덕들은 진실을 추구하는 것보다 고통을 끝내는 데
더 도움이 된다."

"무슨 말씀을 하시는 건지 잘 알겠습니다" 하고 난디니는 고개를 끄덕였다. "하지만 일상생활의 여러 문제들이 그리 간단하지가 않습니다." 잠시 머뭇거리더니 난디니는 이렇게 말했다.

"스승님의 지혜를 믿습니다. 그 가르침을 따르도록 하겠습니다."

하지만 부처는 그런 식으로 책임을 떠안기를 바라지 않았다. 부처는 말했다.

"난디니야, 나를 그저 따르기만 하지는 말아라. 내가 그렇게 말했다고 해서 그 말을 그냥 받아들이지는 말아라. 그것을 직접 자기 삶 속에서 시도해 보아라. 내가 말한 것이 그대의 경험, 그대만의 진실과 공명할 때에 비로소 받아들여라. 내가 아무리 망고수스가 달콤하고 부드럽고 향기로운지 그대에게 말한다고 해도 그대는 그것이 어떤 것인지 제대로 알 수가 없다. 오직 그대가 그것을 직접 맛보고 체험해본 뒤라야만 망고가 무엇인지 알 수 있게 된다. 지혜는 말이나 개념이나 이론으로 소통할 수 있는 것이 아니다. 그것은 직접 발견하고 체험해야 하는 것이다. 내 가르침은 손가락으로 달을 가리키는 것과 같다. 내 손가락은 달이 아니다. 내 손가락을 잊고 달을 쳐다보아라. 내가 그대에게 이 말을 하는 이유는, 여덟 가지 귀한 방법[팔정도八正道]을 통하여 내가 고통과 고통의 소멸을 곧바로 알기 때문이다. 올바로 보고[정견正見], 올바로 생각하고[정사유正思惟], 올바로 말하고[정어正語], 올바로 행동하고[정업正業], 올바로 생활하고[정명正命], 올바로 노력하고[정정진正精進], 올바로 마음 쓰고[정념正念], 올바로 집중[정정正定]하다보면 평화에, 조화에, 온전함에, 깨달음에 이르게 된다."

"스승님은 올바로 보고 올바로 행동해야 한다고 말씀하십니다. 하지만 우리가 무엇이 옳고 그른지 어떻게 알 수 있습니까?" 하고 난디니가 물었다.

"무엇이든 그대 자신과 남들의 고통을 덜어주는 것이 있으면 그것이 올바른 것이다. 고통을 더해주는 것은 무엇이든 그릇된 것이다. 답은 그대 안에 있다. 그대가 자만과 편견에서 자유로울 때, 차분하고 주의 깊을 때, 그대 안에서 빛이 비칠 것이다. 명상을 통해서, 마음 다함(mindfulness. '깨어 있는' 마음이라고도 한다—옮긴이) 을 통해서, 그대는 올바른 것이 무엇인지 스스로 알게 될 것이다. 그대는 그대 자신의 빛이 될 것이다. 자신에게 진실하기만 하면 된다, 난디니. 참 그대가 되어라."

잠시 뒤 부처는 말을 이었다. "내가 달을 가리켜 보일 수는 있다. 하지만 그대 자신의 눈으로 달을 보아야 한다.

그렇게 쳐다보아야만 달이 보이는 법이다."

난디니는 더 이상 반문할 것이 없었다. 부처는 난디니에게 심오한 통찰을, 명상과 실천의 대상이 될 것을 충분히 심어주었다.

***

난디니는 연꽃이 핀 연못으로 걸어갔다. 부처의 소박하고 절제된 생활방식에 대해 곰곰이 생각해 보던 난디니는 깊은 절망감이 검은 구름처럼 몰려드는 기분을 느꼈다.

'부처님에게는 옷이 세 벌밖에 없다. 하나는 낮에 입을 것, 또 하나는 밤에 입을 것, 나머지 하나는 목욕을 하고 입을 것이다. 그 옷들은 모두 오래된 천 조각을 조각조각 덧대어 기어 입은 것이다. 덮고 잘 담요 하나, 먹을 때 쓸 발우 하나가 있을 뿐이다. 그분은 하루에 한 끼만 드신다. 과

연 엄청난 소유물을 가졌던 왕자 싯달타와 그분이 같은 사람인가? 그런 그분은 이제 엄격한 절제를 행하시는 반면, 나는 이렇게 내 소유물의 소유가 되어 있다. 내 삶은 너무 많은 물질로 어지럽혀져 있다. 그러니 내 마음이 어지러운 것은 당연하다. 깨달으신 분은 자기 삶의 주인이며, 따라서 세상의 주인이다. 나는 단지 내 물건과 살림의 주인일 뿐이다. 그러면서도 나는 물질적인 안락을 너무나 사랑한다. 실크 사리를, 보드라운 모직 숄을, 푹신한 침대를, 사프란(최고급 향신료-옮긴이) 쌀밥을, 하인들과 마부를 너무나 좋아한다. 삭발을 하고 옷 세 벌만을 가질 뿐이라는 상상은 할 수가 없다. 자유를 향한 갈망과 세상에 대한 집착을 어떻게 화해시킬 수 있을까? 나는 행복한 만큼 안락도 원한다. 부처님은 그런 것들 때문에 괴로워하지 않으시겠지만 나는 어쩔 수가 없다.'

숱한 의심이 다시금 난디니에게 밀려왔다. 슬픔과 곤혹에 빠진 난디니는 연못가에 머리를 감싸고 앉아 있었다.

부처는 멀찌감치서 난디니를 바라보았다. 부처는 난디니가 힘들어하는 모습을 보고는 연못가로 천천히 다가갔다.

"내 이야기가 그대를 어지럽혔나, 난디니? 안색이 좋지 않구나."

"저는 의심과 궁지에 빠져 헤어나지 못하고 있습니다. 스승님은 엄청나게 절제된 생활을 하고 계십니다. 스승님은 그토록 적게 가지고도 행복해 하시지만, 저로서는 너무 벅찬 일입니다."

"난디니야, 외적인 형식에, 겉모습에 너무 신경 쓰지 말아라. 그대는 어디를 가든 사랑과 친절을 베풀 수 있다. 제타 숲에서 우리가 검소하고 소박하게 사는 것은 그대의 생각처럼 강제로 하거나 머리로 짜낸 것이 아니다. 그것은 자연스럽게 발현되는 것이다. 물질적 소유를 소박하게 하는 것은 영적 수행의 한 측면일 뿐이다. 그보다 더 중요한 것은 그대의 내면 생활을 소박하게 하는 것이다. 그대 자신의 야심을, 좋고 싫은 것을 비워버리는 것이다" 하고 부처는 위로하는 목소리로 말했다.

"내면의 소박함이 대체 어떤 것입니까?" 하고 난디니는 물었다.

"우리는 외적인 부담 이상으로 내적인 정체성 혼란이 가져다주는 부담 때문에 버거워한다. 그런 혼란에서부터 벗어나라, 난디니. 별개의 자아, 별개의 나라는 생각을 비워라. '나' 라는 것은 무엇으로 이루어져 있나? 나는 내 다리인가 내 팔인가? 나는 내 지성인가 감성인가? 나는 내

지각인가? 나는 사캬(석가) 가문에서 태어난 왕자 싯달타인가? 나는 누구인가? 내 정체성은 무엇인가? 나는 결코 그 무엇 하나가 아니다. 나는 모든 것이다. 나는 고립되고 자율적이고 개별적인 자아가 아니다. 붙잡을 만한 것은 아무 것도 없다. 집착할 만한 것은 아무 것도 없다. 나는 대우주 속의 소우주다. 나는 우주 그 자체다. 생명은 에너지의 흐름이다. 그것은 하나의 형태를 띠다가 흩어져버린다. 모든 형태는 생명이라는 바다의 수면에서 이는 파도다. 이 파도는 솟구치기도 하고 떨어지기도 한다. 변화하는 형태에 집착할 이유가 없다. 파도가 되어라. 그리고 그대가 존재라는 어마어마한 바다의 일부라는 사실을 잊지 말아라. 그것이 궁극적인 소박함이다."

"하지만 저는 난디니입니다. 저는 이렇게 몸이고 살이고 피입니다."

난디니는 두 손으로 얼굴을 만지며 말했다.

"저는 저만의 개별적인 성격을, 저만의 영혼을 가진 한 개인입니다."

"그렇기도 하고 그렇지 않기도 하다. 그 너머를 살펴보면 더 큰 그림이 있다는 것을 알게 된다. 그대의 몸에서 그대가 먹는 음식, 그대가 마시는 물, 그대가 마시는 숨을 없애버리면 무엇이 남겠는가? 그대가 말하는 그대의 '개별적 성격'이나 그대만의 독특한 영혼은 하늘에서 뚝 떨어진 것이 아니다. 그대의 아버지와 어머니, 그대가 조상으로부터 물려받은 모든 영향, 그대가 습득한 모든 문화와 언어와 지각을 없애보라. 과연 그대에게 무엇이 남겠는가? 이러한 큰 그림에서 그대는 그대 안에 진화의 모든 역사뿐만 아니라 앞으로 다가올 수백만 년의 세월, 모든 관계의 그물망, 생명의 끊임없는 율농을 지니고 있다. 그대는 지금의 피와 살로 이루어진 성격 안에 갇힌 작고 개별적인 영혼보다는 훨씬 더 큰 존재다. 그대는 무한히 흐르는 에너지요, 분리할 수 없는 존재다."

"알겠습니다" 하고 난디니는 말했다. "저는 저라는 분리된 자아에만 매달리는 습관을 키워온 듯합니다. 하지만 이제는 제 자신을 포함한 모든 존재가 경계 없이 흐르는 에너지의 율동이라는 사실을 이해하겠습니다. 땅에서 인간에 이르기까지, 인간에서 땅에 이르기까지, 그리고 둘 사이의 모든 것이 다 그렇다는 것을 알겠습니다."

"바로 그렇다, 난디니" 하고 부처는 말했다. "모든 생명과 그 밖의 모든 것은 서로 흐른다."

난디니는 부처에게 머리 숙여 인사를 했다. 난디니는 평온해져서 집으로 돌아갔다.

복수

상처를 입은 아힘사카가 제타 숲의 오두막에서 쉬는 동안 사바티 사람들은 아직도 설전을 벌이느라 바빴다.

"그놈을 죽였어야 했어" 하고 한 사람이 외쳤다.

"그놈은 지금 중인 척 하고 있는 것뿐이야" 하고 또 한 사람이 소리쳤다.

"아니, 아니. 우리 마음대로 처단할 수는 없는 노릇이오. 그러니 왕에게로 가봅시다. 우리가 앙굴리말라를 찾아냈다고 왕께 알리고 그를 체포하라고 요구합시다."

"그러면 누가 상금을 타지?"

"내가 그놈을 제일 먼저 봤어요" 하고 한 젊은이가 말했다.

"아니, 아니야. 당신이 아니야. 그놈을 알아본 건 나야" 하고 다른 사람이 주장했다.

"봅시다, 여기 모인 사람이 모두 몇이지? 하나, 둘, 셋

…열. 우리 모두 그놈을 발견한 거요. 상금을 모두가 나눕시다. 그러면 한 사람한테 금화 백 냥씩은 돌아가겠군.”

그들은 모두 부자가 될 생각을 하며 기뻐했다.

그들은 운 좋게도 왕이 친히 백성들의 걱정거리를 들어주는 시간에 궁궐에 도착했다.

“전하, 저희가 좋은 소식을 가지고 왔습니다. 저희는 가장 극악한 지명수배 테러리스트이자 가장 악독한 범죄자이자 인민의 적인 앙굴리말라를 발견했습니다. 그는 승려로 위장을 한 채 제타 숲에서 부처님과 함께 살고 있습니다. 저희는 그놈을 알아볼 수 있습니다.”

왕은 잠잠히 듣고 있다가 이렇게 물었다.

“그대들은 그를 어디서 보았는가?”

“전하, 그놈이 우리 읍내로 왔습니다. 저희는 그놈을

난디니 부인의 집 앞에서 발견했습니다. 부인은 그놈을 보호해 주었고, 그놈을 부처님에게 데리고 갔습니다."

"그 승려가 앙굴리말라인 줄은 어떻게 알았는가?"

"전하, 저희가 그놈을 알아보았더니 그놈도 사실을 인정했습니다. 그러더니 자기가 교화되어서 부처님한테 의탁을 하고 있다고 했습니다. 하지만 전하, 앙굴리말라는 절대 믿을 수 없는 놈입니다. 그놈은 철두철미한 테러리스트입니다. 그놈은 만인들이 보는 앞에서 교수형에 처해서 다른 테러리스트들에게 본보기가 되어야 합니다. 그리고 전하, 저희는 난디니 부인과 부처님이 테러리스트를 숨겨주는 것을 보고 깜짝 놀랐습니다. 그들은 우리 편 아니면 우리 적입니다. 그들이 테러리스트에게 은신처를 제공해 준다면 그들 또한 처벌을 받아야 합니다."

"백성들이여, 어디 좀 앉아서 이야기를 나눠보세. 우선

시원한 망고주스를 가져오도록 하지."

"전하, 망극하옵니다. 그런데 저희는 약속하셨던 금화 천 냥을 상금으로 받고 싶습니다."

"걱정 말아라, 백성들이여. 그대들은 마땅히 상금 받을 일을 했으니 받게 될 것이다. 하지만 이 말만은 하고 싶군. 나에게 부처님은 가장 존경스럽고 가장 지혜로우며 가장 큰 깨우침을 얻으신 분이다. 누가 그분께 의탁을 하고 부처님이 사원 안에서 그에게 안식처를 제공하면 우리는 그 은자隱者의 권리를 존중해 주어야 한다. 동의할 수 있겠는가?"

"아닙니다, 전하. 동의할 수가 없습니다. 이런 본보기를 보이면 다른 범인들도 부처님 밑에 숨어서 처벌을 면하는 손쉬운 방법을 찾을 것입니다. 앙굴리말라는 저희들의 가정을 황폐하게 만들어버린 놈입니다. 저희는 정의를

원합니다."

"백성들이여, 우리가 앙굴리말라를 죽인다고 해서 그
대들의 소중한 가족들을 되살릴 수는 없는 일이다. 그보
다는 차라리 모든 악한들이 자수를 하고 악한 짓을 그만
두도록 하는 것이 낫지 않겠는가? 부처님이 무장한 내 군
대보다 더 효과적인 일을 하셨으니 그분께 사람의 마음을
변화시키고 범죄자들을 계도할 기회를 드리는 것은 어떻
겠는가?"

"저희는 전하께서 그토록 나약한 말씀을 하시는 것을
처음 들어봅니다. 전하께서 그토록 부드러워지신 것을 처
음 봅니다. 우리나라가 범인들의 도피처가 되어서는 안
됩니다."

"백성들이여, 자기 방식이 잘못된 것을 알고 범죄를 그
만두는 테러리스트를 만난 것은 나로서도 처음이다. 그대

들도 알다시피 나는 5백 명의 말 탄 정예군을 이끌고 그를 잡으러 다녔다. 그러다 우연히 부처님 계시는 성역聖域 가까이 가게 되었다. 나는 그곳에서 놀랍게도 앙굴리말라를 보았고, 그의 가르침을 들었으며, 그가 거듭난 것을 알게 되었다. 앙굴리말라가 테러리스트에서 스님으로 변화한 것처럼, 나는 엄한 처벌을 내리는 왕에서 자비로운 왕으로 변화하였다. 그렇다 백성들이여, 나는 새로운 빛을 본 것이다. 나는 그대들이 말하는 '손쉬운 방법'이 가장 어려운 선택이라는 점을 깨달았다. 부처님도 공범이라고 선포하고는 앙굴리말라를 체포할 뿐만 아니라 부처님도 잡아들이기는 쉬운 일이다. 테러리스트를 보호해 주었다고, 테러리즘을 원조하고 부추겼다고 그분을 추궁하기는 쉬운 일이다. 부처님도 앙굴리말라도 아무런 방어수단을 갖고 있지 않은 반면에, 내 군사들은 잘 무장되어 있었고 그 어느 때보다 강했다. 그러나 이제 내가 세상을 바라보는 눈은 달라졌다. 나는 더 많은 군인, 더 많은 경찰, 더 많은 감옥보다는 더 많은 부처님과 더 많은 승려들이 필요하다고 생각한다."

백성들은 차마 믿을 수 없다는 듯 왕의 이야기를 들었다. 충격을 받은 듯, 침묵만이 흘렀다. 잠시 뒤 다시 속삭이는 소리가 나기 시작했다. 그러다 그들은 모두 서로 쳐다보며 이런 말들을 했다.

"전하의 말씀에 일리가 있어."

"범인을 다스리는 방법치고는 참 희한한 방법이야."

"정의는 어떻게 된 거요?" 하고 앙굴리말라 때문에 아들을 잃은 사람이 말했다.

"보복은, 응보는 어떻게 된 거지?" 하고 형제를 잃은 사람이 말했다.

"위험에서 백성들을 지켜주는 일은?" 하고 한 상인이 문제 삼았다.

"하지만 앙굴리말라는 부처님의 가르침 아래에 있고 승단의 규칙을 따라야 해요. 그러니 누군가를 위험에 빠뜨릴 것 같지는 않아요" 하고 한 승려가 말했다. "부처님이나 전하 같은 분이면 무엇이 선이고 악인지, 무엇이 옳고 그른지 잘 알 겁니다. 우린 두 분을 믿어야 해요."

왕은 백성들 사이에서 만족의 기미가 조금씩 나타나는 것을 목격했다. 그리곤 재정 대신을 불러서 그들에게 금화 천 냥을 내주라고 명했다.

"백성들이여, 우리는 이제 앙굴리말라가 어디 있는지 잘 알고 있으니 공중 앞에서 문제를 해결하는 것이 합당한 것 같다. 그를 궁정으로 데려와서 합당한 사법적 절차를 밟도록 하겠다. 그러니 돌아들 가서 가족을 잃은 사람들에게 전해주기 바란다. 보름 날 모두 모여서 이 문제에 대해 고민해보고 앞으로의 조치에 대한 결정을 내릴까 한다. 부처님과 앙굴리말라뿐만 아니라 이 나라의 여러 현인들과 백성들도 모실 것이다" 하고 왕은 명했다.

용서

보름달이 뜨는 날 낮에 귀족들과 여성들, 숲에서 온 브라만 승려들과 현인들, 샛노란 옷을 걸친 힌두의 고행자인 사두들, 상인들과 지주들이 왕의 널따란 궁정에 모두 모였다. 부처는 직접 아힘사카와 다른 승려들과 함께 이 모임에 참석했다. 마하비라(자이나교의 창시자. 석가와 같은 시대를 살았으며 지나Jina로 불리기도 한다—옮긴이)도 금욕 수행을 하는 제자들과 함께 참석하여 자리를 빛냈다. 아힘사카의 아버지와 어머니, 형제와 자매, 친척 아주머니 아저씨, 남녀 조카도 가난하지만 기품이 있는 최하층 계급(수드라)의 천민들 수백 명과 함께 참석했다. 단, 이들은 다른 사람들과는 별도로 궁정 뜰 바깥에, 왕이 보이지 않는 곳에 모였다.

손님들에게 장미로 만든 향수를 뿌려서 향기로운 냄새와 차분한 분위기가 퍼져 있었다.

"친애하는 사바티 백성들이여, 오늘은 곤란한 날입니다. 여러분 가운데 상처를 입은 많은 분을 밝히고, 그런 분들을 치유할 방법을 찾아보는 날입니다. 여러분 가운데 피해를 당하여 상처와 상실과 고통을 알리고 싶은 분들은 부디 공개적으로 기탄없이 말씀해 주시기 바랍니다."

왕이 말을 마치자 모인 사람들 사이에 침묵이 내렸다. 잠시 뒤 한 남자가 일어나 말을 꺼냈다.

"어느 날 오후, 서른 살이 된 제 아들은 가까운 읍내에 친구들을 만나러 갔다가 돌아오지 않았습니다. 온 가족이 밤이 늦도록 기다리고 또 기다렸습니다. 다음날 아침 저는 읍내로 가서 아들의 친구들한테 아들이 집으로 돌아간다고 초저녁에 떠났다는 이야기를 들었습니다. '이 아이에게 무슨 일이 난 거지? 어디에 있는 걸까?' 하는 걱정이 마구 들었습니다. 오랫동안 찾은 끝에 우리는 어느 도랑에서 아들의 시신을 발견했습니다. 손가락이 모두 잘려나가 있었습니다. 온 몸이 피범벅이 되어 쓰러져 있었습니다. 그건 앙굴리말라의 짓이었습니다. 그는 저한테서 대를 이을 아들을 앗아가 버렸습니다. 아들 없는 제 집안의 미래는 적막하기 짝이 없습니다."

그 남자는 눈물이 앞을 가려 더 말을 잇지 못했다. 성난 청중은 오싹해져서 앙굴리말라를 쳐다보았다.

젊은 남자가 급히 일어서더니 말했다. "저는 제 할아버지 이야기를 하겠습니다. 제 할아버지는 앞을 못 보는 데다가 허약한 분이었습니다. 자기 몸을 방어할 능력이 없는 분이었습니다. 어느 날 할아버지는 이른 아침에 운동 삼아 산책을 나갔습니다. 그런데 이 극악무도한 앙굴리말라에게 붙잡혀 길거리에서 얻어맞고는 피를 흘리며 돌아가셨습니다."

이번엔 소년 하나가 일어나서 말했다. "제 아버지는 땔 감을 주우러 숲에 들어갔다가 돌아오지 않았습니다. 여러 날이 지나서 우리는 독수리들이 아버지 시신을 뜯어먹고 있는 모습을 발견했습니다. 그 모습 때문에 저는 늘 악몽 을 꾸고 있습니다."

비슷하게 고통을 겪은 목소리들이 차례로 이어지며 모 인 사람들에게 충격을 더해 주었다. 마침내 온 궁정에 깊 은 비탄의 기운이 내리깔렸다.

부처는 아힘사카를 바라보더니 그의 어깨에 손을 얹었 다. 모든 시선이 그에게로 쏠렸다. 아힘사카는 깊이 들숨 과 날숨을 쉬더니 용기를 내고 평정을 유지하더니 일어서 서 이렇게 말했다.

"지금까지 말씀하신 모든 것과 그보다 더 많은 것은 다 제가 저지른 죄입니다. 여러분은 제가 용서받을 수 없다고 생각하실 수 있고 그것이 백 번 옳은 생각일 수 있습니다. 저는 여기 모인 사람들의 이해를 다 살피시는 왕께서 내리시는 판결에 기꺼이 따르겠습니다. 제 이야기를 할 기회를 주신다면 감사히 아뢰겠습니다."

아힘사카는 왕을 바라보았다.

"계속하라, 계속하라."

"저는 '돔' 신분으로 태어났습니다. 죽은 동물의 사체, 특히 신께 바치는 제단에 희생 제물로 받쳐진 것을 수습하는 일을 하는 신분으로 태어난 것입니다. 게다가 제 가족과 저희 신분의 사람들은 똥오줌을 치우는 일을 하는데, 이 일은 우리 사회에서 천한 직분 가운데서도 가장 천한 것입니다. 제 가족과 같은 신분의 다른 사람들은 성벽과 학대와 차별을 받습니다. '돔' 신분의 사람들은 너무 더러워서 땅을 가는 것도, 우물터에서 물을 긷는 것도, 다른 사람들을 만지는 것도, 사원에 들어가는 것도, 경문經文을 듣는 것도, 남들에게 말을 거는 것도 허락되지 않습니다. 제 가족이나 제 신분의 사람들은 존재하지도 않는 것이나 다름없습니다.

젊었던 저는 이런 취급을 당하는 것이 분했습니다. 너무 화가 났습니다. 저 밖에 계시는 제 아버지는 제 분을 가라앉혀 보려고 했습니다만 저는 오히려 더 화가 났습니다. 저는 아버지에게 반항을 했습니다. 심지어 때리기까지 했습니다. 죄송할 따름입니다."

아힘사카는 잠시 숨을 골랐다. 모두가 정적 속에 가만히 듣고 있었다.

"좌절과 낙담에 빠진 저는 집을 나와 버렸고, 제가 사회를 장악하고 통치자가 되어 저나 저 같은 신분을 망쳐 놓은 압제와 차별을 끝장내야 한다는 결론을 내렸습니다. 저는 칼을 통한 권력을 추구했는데, 그것은 저에게 고뇌와 불행을 가져다 주었으며 사회에 대한 제 적개심을 더욱 불타게 만들기만 했습니다. 그러다 저는 빛을 보았습니다. 부처님이신 고타마 스승님 덕분에 저는 목적이 수단을 정당화할 수 없다는 것을 깨달았습니다. 모든 행위는 처음과 중간과 끝이 다 올곧아야 한다는 것을 깨달았습니다. 우리는 마음의 변화를 통해서만, 의식의 전환을 통해서만 억압을 끝낼 수 있습니다. 남들에게 자유를 가져다주기 위하여, 우리는 먼저 내면의 자유를 누려야 합니다. 그래서 저는 여기까지 온 것입니다. 여러분의 판단을 기다리겠습니다."

대부분의 사람들은 앙굴리말라의 말이 진심이라 하더

라도 카스트제도와 그의 극악무도한 행동 사이에 아무런 연관성을 발견하지 못했다. 그들은 왜 앙굴리말라가 카스트제도를 비난해야 하는지, 그것을 왜 자기 범죄에 대한 변명거리로 삼는지 알 수가 없었다. 어쨌든 대부분의 '돔' 사람들과 불가촉천민들은 법을 잘 따르지 않는가.

지나Jina로도 불리는 마하비라가 말문을 열었다. "전하, 깨달으신 고타마, 그리고 인민들이시여. 우리는 폭력이 비단 물리적인 폭력에만 국한되는 것이 아니라는 점을 깨달아야 합니다. 두려움은 폭력입니다. 계급상의 차별은 폭력입니다. 남들을 착취하는 것은 아무리 미묘하다 하더라도 폭력입니다. 어떤 식으로든 차별하는 것, 남들을 나쁘게 생각하는 것, 남들을 비난하는 것도 폭력입니다. 개별적으로 저지르는 물리적인 폭력행위를 줄이기 위하여,

우리는 심리적이고 사회적인 폭력을 줄여야 합니다. 우리는 폭력을 지지해 주는 제도들을 개혁해야 하며, 모든 수준의 폭력을 제거하는 데 힘써야 합니다. 즉, 동물과 식물, 그리고 다른 모든 형태의 생명에 대한 폭력과 더불어 정신적이든 언어적이든 개인적이든 사회적이든 모든 폭력을 없애도록 해야 합니다. 앙굴리말라의 폭력은 극단적이고 명백했다 하더라도 폭력으로 가득한 이 세상의 한 부분에 불과한 것이었습니다. 그런데 그 폭력은 우리 사회를 감염시키는 그리 잘 보이지는 않는 폭력과 연결되어 있습니다. 그러므로 우리는 우리 자신을 깊이 들여다볼 수 있는 기회를 준 앙굴리말라에게 감사해야 합니다."

갑자기 왁자지껄한 소리가 났다. 마하비라의 과격한 생각은 지나치게 불편하고 거슬리는 것이었다. 군중들은 그것을 받아들일 수가 없었다.

"카스트제도와 사회적 위계는 자연스러운 질서의 일부입니다. 이 법은 오래 전부터 현인들이 우리에게 전해준 것입니다. 그것은 결속력을 유지해 줍니다. 우리가 오늘 여기 모인 것은 우리 전통을 뒤집어엎고 사회를 해체하기 위해서가 아닙니다. 우리는 앙굴리말라의 죄를 심판하기 위해 모인 것입니다" 하고 한 브라만 승려가 항의했다.

소음이 점점 더 일면서 전체적으로 소란스러워졌다.

"조용! 조용!" 하고 왕의 의전관이 외쳤다.

사람들이 잠잠해지자 마하비라는 말을 이었다.

"제가 근본적인 문제제기를 했다는 것을 저도 압니다. 하지만 올바른 답을 얻기 위해서는 아무리 불편하다 하더라도 올바른 질문을 해야 합니다. 우리는 폭력의 원인을 뿌리부터 살펴보아야 합니다. 그렇지 않으면 오늘 우리가 하나의 앙굴리말라를 처단한다 하더라도 내일에는 더 많은 앙굴리말라가 나타날 것입니다. 모든 인간은 낮지도 높지도 않게, 그저 인간으로 태어날 뿐입니다. 인간은 출생이 아니라 행위로 판단 받아야 합니다. 계급이 아니라 인격으로 판단 받아야 합니다. 또한 우리는 인간과 마찬가지로 동물들도 살고 싶어 한다는 사실을 잊지 말아야 합니다. 그러므로 동물을 존중하는 것, 그리고 고기나 의식 때문에 동물을 죽이지 않는 것은 모든 의로운 사람들의 의무입니다."

사람들이 다시 동요한 듯 웅성거리기 시작했다.

부처인 고타마가 말했다.

"전하, 깨달으신 마하비라, 그리고 친애하는 백성들이여, 자애로우신 왕께서 오늘 이렇게 우리를 초대해 주시다니 대단히 감사한 일입니다. 우리는 아주 숭대한 문세에 맞닿아 있으며 올바른 답을 찾는 데 두려워하지 않고 있습니다. 우리는 언제나 변화하고 있습니다. 우리가 할 수 없는 유일한 것은 변화의 진행을 멈추는 일입니다. 우리는 오직 변화를 통해서만 성장하고 진화할 수 있습니다. 그러니 변화를 두려워하지 마십시다. 깨달으신 마하비라께서 우리에게 심오한 지혜의 말씀을 들려주셨습니다. 누구나 그 정도의 비폭력적 경지에 도달할 수는 없다 하더라도, 우리는 지금 당장이라도 작은 자비의 행위를 시작할 수 있습니다. 중도中道란 것이 있는데, 그것은 개인적이고 사회적인 관계를 세련되게 하고 개선하기 위해 효과적인 방법을 활용하는 것입니다. 그런데 그것은 상호의존이라는 우주적 진리에 집중함으로써 얻어질 수 있습니다. 우리는 모두 서로 연결되어 있습니다. 부자와 빈자, 높은 계급과 낮은 계급, 인간과 동물은 서로 연결되어 있습니다. 우주는 상호연관된 전개의 과정입니다. 오직 맑은 관점과 관대한 영혼을 통해서만 이런 저런 모든 갈등을 해결할 수 있는 것입니다."

마하비라와 부처의 강렬한 음성이 울려 퍼지자 모인 사람들은 멍하니 말을 잃었다. 그러다 법무대신이 자리에서 일어나서 왕에게 아뢰었다.

"전하, 우리 시대의 이 두 위대한 성인께서는 세상과의 인연을 끊었으니 비폭력이나 자비나 용서에 관해 이야기하기가 쉽습니다. 하지만 우리는 현실 세계에 살고 있습니다. 우리는 희생자들의 고통에 대해서, 그들의 삶이 어떻게 유린되었는지에 대해서 들었습니다. 앙굴리말라를 풀어주고 말 경우 우리는 사회질서에 손상을 가했다는 자책에 빠질 것입니다. 앙굴리말라를 적절하게 처벌해야만 다른 사람들이 범죄자가 되는 길을 막는다는 희망을 가질 수 있습니다. 국가의 일을 순전히 종교적인 계율에 따라서만 운영할 수는 없는 일입니다. 국가는 법의 규칙을 강제해야 합니다. 그러니 진하, 앙굴리말라는 교수형에 처하십시오. 그보다 작은 벌은 불가능한 상태입니다, 전하. 법 집행은 최고의 권위를 가진 것입니다."

법무대신은 박수갈채를 조금 받았으나, 군중들은 이내 다시 잠잠해졌다. 파세나디 왕의 표정은 근심과 혼란과 불안이 뒤섞인 것으로 변했다. 그는 달리 무언가 할말이 있는 사람이 있는지 둘러보았다. 그러다 군중 가운데 아기를 안은 수자타라는 삼십대 여인이 앞으로 나왔다. 그녀는 감정을 제대로 주체하지 못하는 듯했다. 평정을 되찾기 위해 시간이 조금 필요했다. 모든 사람들의 시선이 그녀에게로 쏟아졌다. 그녀는 장신구라곤 하나도 걸치지 않은 차림이었다. 슬픔에 젖은 아몬드 모양의 눈에는 눈물이 가득했다. 모두 그 여자가 누구인지 알고 있었다. 그 여자는 온 나라를 매료시키는 마술적인 시를 노래하던 시인의 미망인이었다. 앙굴리말라는 단지 자기 손가락 목걸이를 장식하기 위해 그런 시인까지도 잔인하게 죽였다.

법무대신은 수자타의 증언이 살인자에게 엄한 판결을 내리는 데 결정적인 역할을 하리라 생각하며 분노에 가득 찬 눈으로 앙굴리말라를 노려보았다. 그는 분명히 왕이 수자타가 사랑하는 남편을 잃었으며, 어린 아기는 아버지 없는 신세가 되었으며, 나라는 보배 같은 시인을 잃고 말았다는 사실을 알게 되리라 생각했다. 이 범죄는 가장 극악하고, 가장 비열한 살인이었다. 그런 악행이라면 사면의 여지가 없을 디었다.

수자타의 짧은 침묵은 영원 같았다. 잠시 뒤 부드러운 목소리가 들렸다. 수자타가 말했다. "저는 제가 처한 곤경을 안타까워하며 지금까지 앉아 있었습니다. 남편을 잃으면서 저와 제 아기는 적막한 신세가 되었습니다. 이 범죄의 상처는 우리 둘의 생이 끝날 때까지 우리를 따라다닐 것입니다. 남편의 영혼은 저를 떠날 줄을 모릅니다. 저는 잠을 잘 수도 먹을 수도 없으며, 그이 없이 하루하루를 살아간다는 것이 너무나 끔찍합니다. 그런가 하면 저는 앙굴리말라가 그토록 전향한 것을 보고 몹시 놀랐습니다. 자타가 공인하던 희대의 범죄자가 삭발을 한 성인으로 변모하여 지금 우리 앞에 앉아 있습니다. 이런 상황을 어떻게 받아들여야 할지 난감합니다. 이런 난처한 일을 겪기는 정말 처음입니다."

수자타는 잠시 말을 멎고는 깊이 숨을 쉬었다. 법무대신은 다음에 무슨 말이 나올까 궁금한 듯 어리둥절한 표정을 지었다. 하지만 왕은 다소 안도하는 표정이었다. 그는 수자타가 조금 더 이야기를 해서 그녀가 느끼고 있는 깊은 딜레마를 모인 사람들과 함께 나누기를 바랐다.

"전하, 한편으로 저는 앙굴리말라가 엄한 처벌을 받아서 다른 사람들의 본보기가 되기를 바라고 있습니다. 그런가 하면 앙굴리말라의 죽음이 제 남편을 되살리지 못한다는 생각도 듭니다. 저는 한 사람이 더 죽는다고 해서 무슨 이득이 있을 것이며, 저와 제 아이가 얻을 것이 무엇인가 하고 스스로에게 묻고 있습니다."

수자타는 다시 말을 멈췄다. 청중은 이런 말을 듣고 난감한 표정을 지었다. 왕은 기대에 차서 다음 말을 기다렸다. 법무대신은 고개를 돌려버렸다. 그가 수자타로부터 듣고 싶어 한 말은 이런 것이 아니었기 때문이다.

"계속 이야기하라" 하고 왕은 청했다.

"전하, 앙굴리말라가 진정으로 변화한 것은 사실인 것 같습니다. 성인들께서 그리 말씀하시니 믿어지기도 합니다. 그의 눈에는 더 이상 폭력의 흔적이 보이지 않습니다. 이런 마당에 그의 죽음을 요구한다는 것은 단순한 보복행위밖에 되지 않을 것입니다. 저는 그런 행위의 일부가 되고 싶지는 않습니다. 저는 남편이 앙굴리말라의 본보기야말로 범죄를 저지르고서 감옥에서 시들어가거나 지하에 감금되어버린 사람들에게 희망을 주는 것이라고 말하는 상상을 하게 됩니다. 앙굴리말라의 본보기는 모든 사람은 구제할 수 있다는 사실을 보여주고 있습니다."

수자타는 말을 마치며 눈물을 흘렸다. 그녀 옆에 앉아 있던 난디니가 다가가서 그녀를 위로했다.

마하비라와 부처의 이상주의에 확신을 갖지 못하던 사람들은 수자타의 말을 듣고 많이 감화되었다. 수자타가 용서할 준비가 되어 있다면 나머지 사람들도 그녀를 따라야 한다는 생각을 했다. 염원과 존엄이 가득한 수자타의 슬픔은 마법을 거는 듯했다.

법무대신은 자기만 따돌림을 당하는 기분이었다. 왕은 모인 사람들의 분위기를 감지했다. 왕은 사람들의 열려 있고 받아들이는 마음을 확인하고는 이렇게 말했다.

"고타마 부처님과 마하비라 지나님은 우리 시대에 가장 크게 깨우치신 분들입니다. 우리의 지평을 넓혀주신 두 분 모두에게 감사를 드립니다. 충분히 숙고한 끝에, 그리고 오늘 거론된 모든 이야기를, 특히 수자타의 진심어린 이야기를 다 들은 뒤에, 저는 군주의 대권이라는 권한에 따라 앙굴리말라의 사면을 선포합니다. 제가 그를 특

사特赦로 사면합니다. 저는 그가 폭력을 단념한 것이 진심이며 그의 본보기 때문에 다른 사람들도 폭력을 끊어버리는 데 도움이 되리라 확신합니다. 부처님 한분이 이루신 일을 제 군대 전체가 해내지 못했습니다. 그런 점에서 부처님께 감사의 뜻을 전합니다. 마하비라께서 보여주신 포용력과 청렴함의 본보기 또한 우리 모두에게 크나큰 영감을 주었습니다. 또한 이번 일에 함께 하셔서 영혼의 관대함을 보여주신 고매하신 현인들과 사두들께도 감사를 드립니다. 모두 감사합니다. 사바티 백성들이여, 이날을 치유와 화해의 날로, 새로운 시작과 새로운 희망의 날로 정합시다. 마지막으로 가장 중요한 것이 있습니다. 사랑하는 사람을 잃은 분들을 돕기 위해 여기 기부 단지를 놓아두었습니다. 부디 후하게 도와주시기 바랍니다. 모두 와주셔서 감사합니다."

왕은 손수 금화 천 냥을 내놓았다. 단지는 금세 가득 찼다.

왕과 왕의 사면에 모두가 동의한 것은 아니었지만 사람들은 그 뜻을 받아들였고, 왕의 지혜와 열린 마음을 높이 샀다.

이날의 놀라운 회합이 있은 뒤, 부처는 아힘사카와 함께 카스트제도의 차별을, 특히 불가촉천민의 치욕을 근절하는 위대한 일을 시작했다. 그들은 모든 인류가 출생에 상관없이 붉은 피와 짠 눈물을 지니고 있으며, 모두가 살고 행복하고자 하는 바람이 있다고, 출생 때문에 차별받을 이유는 없다고 가르쳤다. 카스트가 낮은 사람들과 불가촉천민들 중 많은 이들이 부처에게 의탁하여 승려가 되었다. 그 밖의 많은 사람들은 왕한테서 새로운 생계를 위한 밑천을 지원받았다. 부처와 아힘사카는 숱한 사람들에게 영감을 주어서 내적 평화를 추구하도록 했으며, 존중과 자비와 애정 어린 친절을 길러 스스로뿐만 아니라 다른 인간과 인간 아닌 다른 모든 생명들과도 조화를 추구하도록 했다.

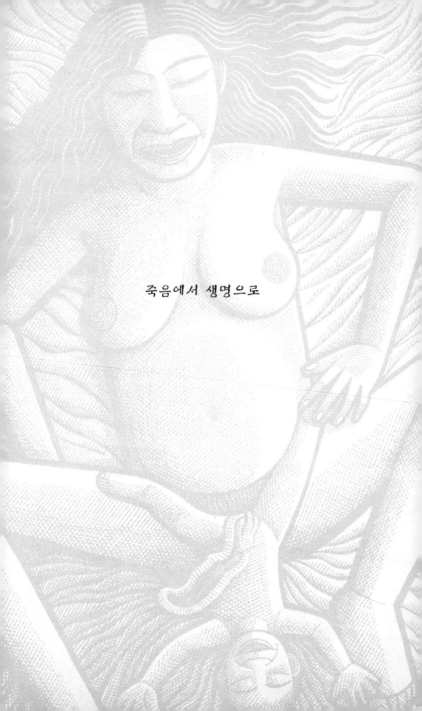

죽음에서 생명으로

어느 날 아침 아힘사카는 탁발 바리때를 들고 사바티로 떠났다. 제타 숲 가까이 있는 길가에서 그는 한 여인이 나무 밑에 드러누워서 출산의 고통을 치르느라 신음하며 비명을 지르고 있는 것을 보았다. 거의 제정신을 잃은 이 젊은 여인은 어찌 해 볼 도리없이 고통에 빠져 있었다. 아힘사카는 그냥 지나칠 수는 없었고 그런 상황에서 승려의 할 일이 무엇인지 알지도 못해서 부처의 조언을 듣기 위해 달려갔다.

"거룩하신 분이여, 한 여인이 해산을 하느라 엄청나게 고통 받으며 힘들어하고 있습니다. 제가 해줄 수 있는 일이 무엇인지요?"

"그녀를 도와라. 그 여인에게 이렇게 말해라. '저는 아무도 해치거나 죽여본 적이 없는 사람입니다. 제 결백의 덕과 힘으로 그대를 위해 축원합니다. 부디 평안히게 채

산하시기를 빕니다.'"

부처는 아힘사카의 반응을 기다렸다.

"깨달으신 분이여, 제가 어찌 그런 말을 할 수 있겠습니까? 스승님은 제가 그토록 많은 목숨을 빼앗고 그토록 많은 사람들을 해친 줄 아시지 않습니까?"

"나는 그대의 마음을 다하는 모습을 보아서 기쁘다. 그대는 시험을 다 통과했다. 그대의 진실함이 갖고 있는 덕이 분명 그 여인을 도울 것이다. 부디 그 여인에게 이렇게 말해라. '저는 부처님에게 의탁한 뒤로 마음으로든 말로든 행동으로든 모든 폭력을 단념했습니다. 제 비폭력이 진정한 것이라면 제 기원과 축원으로 그대의 출산이 평안하며, 그대와 그대의 아기가 건강하기를 빕니다.'"

아힘사카는 부처를 떠나 그 여인에게로 돌아갔다. 그녀는 아직도 몹시 고통을 느끼며 더 큰 비명을 지르고 있었다. 아힘사카는 깊은 자비심에 압도되어 이렇게 말했다. "누이여, 저는 떠돌이 탁발승 생활을 시작한 뒤부터 부처님의 길을 따르고 있습니다. 제 헌신이 진정한 것이라면, 그것이 참된 것이라면, 그리고 자비가 제 내면의 일부가 되었다면, 제 사랑의 힘이 그대의 해산을 평안하게 하며 그대가 고통과 고난에서 자유로워지기를 기원합니다."

아힘사카의 애정 어린 목소리를 듣고 그의 빛나는 현존을 느낀 여인은 긴장이 풀렸다. 자신의 위로하는 말이 도움이 되는 것을 본 아힘사카는 계속해서 말했다. "누이여, 제 스승이신 깨달으신 부처님의 어머니도 임신한 채로 어헹을 하시다 나무를 붙잡고 해산을 하셨습니다."

여인은 팔을 뻗어 자기 바로 위에 있는 나뭇가지를 붙잡았다.

"누이여, 고통은 삶의 일부입니다. 고통은 받아들일 때 그 강도가 줄어들기 마련입니다. 고통을 거부하지 마십시오. 고통을 거부하다 보면 긴장과 걱정이 생기기 마련이고, 걱정은 두려움을 낳기 마련입니다. 두려워할 필요가 없습니다. 그대는 혼자가 아닙니다. 제가 여기 있습니다. 저는 그대에게 제 생명을, 그대의 안녕을 위해 제 사랑을 드립니다."

아힘사카의 조언은 그녀의 고통을 누그러뜨리는 데 도움이 되었고, 그녀는 순조롭게 어여쁜 아기를 낳았다. 앙굴리말라였을 때 그토록 많은 목숨을 앗아갔던 아힘사카는 이제 새 생명을 세상에 오도록 하는 데 도움을 주었다.

그 순간 그 자리에서 아힘사카는 깨달음을 얻었다. 테러리스트가 부처가 된 것이다.

아힘사카는 점심끼니를 걸렀다. 그는 오후 늦도록 그 자리에 머물러 있었다. 여인은 해산 뒤에 회복이 되어서 아기를 안고 나무에 기대어 앉았다.

"그대와 그대의 아기가 건강한 모습을 보니 얼마나 좋은지요" 하고 아힘사카는 말했다. 그러면서 그는 부처가 자신에게 출산을 목격하도록 허락해 준 사실을 돌이켜보며 속으로 감사했다. 부처는 "아힘사카, 그대 일에만 신경을 써라. 어서 가서 먹을 것을 구해라. 삶이란 고통과 고난으로 가득한 것이다. 이 세상의 일에 개입하지 말아라" 하고 말할 수도 있었다. 하지만 부처는 그러지 않았다. 깨달으신 분은 참으로 자비로우신 분이었다.

여인은 시간이 많이 흘러서 점심때가 지난 지가 오래되었는데도 아힘사카가 계속해서 서 있는 것을 보고 기뻤다. 여인이 말했다.

"스님, 제 곁에 있어주셔서 감사합니다. 그런데 스님은 초연해 있어야 하지 않습니까? 제가 영적 수행의 길에 방해가 된 것은 아닙니까?"

아힘사카는 여인의 질문에 깜짝 놀랐다. 불과 얼마 전만 해도 그녀는 도와달라고 비명을 지르고 있었는데, 어느새 종교적인 질문을 할 수가 있었다. 아힘사카가 대답했다.

"아니, 전혀 방해가 되지 않습니다. 저는 부처님께 직접 조언을 구했습니다. 그분은 제게 제 영성의 덕을 발휘하여 그대를 축원하라고 하셨습니다. 살아 있는 모든 것들이 육체적이든 정신적이든 고통에서 해방되도록 돕는 것이 제 소임입니다."

"하지만 스님은 무집착無執着의 길을 따라야 하지 않습니까?" 하고 여인은 궁금해 했다.

"예, 물론 그렇습니다. 하지만 그렇다고 해서 우리가 하루 종일 사원에 앉아 세상 걱정이라곤 전혀 없이 명상만 하고 있어야 한다는 뜻은 아닙니다. 무집착이란 보살피지 않는다거나 활동하지 않는다거나 관여하지 않는다는 뜻이 아닙니다. 우리가 아무런 관여 없이 초연해 있기만 한다면 살아 있는 모든 존재의 해방을 위해 힘쓸 수가 없는 것입니다" 하고 아힘사카는 대답했다.

"그렇다면 그것이 집착과 다를 바가 무엇인지요?"

"집착이란 한 사람이나 한 곳이나 한 생각에만 매어 있는 것을 말합니다. 관여關與란 우리 모두가 관련을 맺고 있으며 연결되어 있으면서도 서로에게 속박되어 있지 않다는 것을 깨닫는 것입니다. 제 마음에는 소유욕이 없습니다. 나는 '나'가 아니며, 그 무엇도 '내 것'이 아닙니다. 우리 승려들은 개인적인 이득이나 만족에 대한 욕망이나 열망에서 벗어난 가운데 집착이 아니라 자비에 따라 행동합니다" 하고 아힘사카는 말했다.

여인은 철학적인 성찰에 깊이 빠져들 수 있는 상태가 아니었다. 그녀는 말을 멈추고 휴식을 취했다. 아힘사카는 그녀를 혼자 내버려두고 싶지 않았다.

"이제 원기를 좀 찾으셨습니까?" 하고 아힘사카는 물어보았다.

"네, 그렇습니다, 여인은 갓난아기에게 젖을 물리며 말했다. "고통이 없으니 얼마나 안도가 되는지 모릅니다."

"이해합니다, 누이여. 그런데 살아 있는 몸만이 고통을 체험할 수 있으며, 살아 있는 마음만이 슬픔을 체험할 수 있습니다. 죽은 몸과 죽은 마음은 고통도 슬픔도 모릅니다. 고통이라는 것은 삶의 근본적인 진실입니다. 삶의 기술은 슬픔을 확대하거나 과장하는 것이 아닙니다. 슬픔이 자연스러운 과정 이상으로 질질 끌도록 내버려두는 것이 아닙니다. 그것을 붙들고 있을 필요가 없습니다. 슬픔이 사라졌다면 사라진 것입니다. 그것이 바로 그대가 방금 지나온 체험입니다. 지복至福의 상태는 그러한 평정에서 비롯되는 것입니다. 그대는 방금 그런 체험을 한 것입니다."

아힘사카가 이야기를 하는 동안 마차 한 대가 가까이 다가왔다. 부처를 찾아가는 난디니였다. 이 무슨 우연의

일치인가! 난디니는 길에 아힘사카가 있는 것을 보고 마
차를 멈추었다. 난디니는 아기와 엄마를 집으로 데려다주
게 되어서 너무나 기뻤다.

역자후기

어둠속의 촛불 하나

사티쉬 쿠마르가 불교전통의 오래된 이 이야기를 새롭게 재구성하여 우리에게 들려주고자 하는 바가 무엇인지 알기는 별로 어렵지 않다. 대상과 정도를 가리지 않는 폭력이 난무하는 이 시대에 그 폭력의 뿌리가 무엇인지 살펴보고, 그 근원에 자리 잡고 있는 두려움을 극복하는 용기를 발현하여 사랑과 자비로 폭력의 악순환을 끊어보자는, 어찌 보면 단순한 메시지라고 할 수 있다. 그러나 언제나 그렇듯 이 종교적 진리도 그것을 실천하는 각자의 현실적인 실천이라는 무게로 다가오면 더없이 버거운 것이 된다. 작은 이익 하나만 침범당해도 밤잠 설치기 십상인 나는 과연 이 이야기에 나오는 수자타처럼 가장 사랑하는 사람을 살해한 살인마를 용서할 수 있을까? 그리고 과연 그런 용서가 필요하기라도 한 걸까?

참으로 어려운 문제다. 하지만 우리는 누구나 이 어렵고도 단순한 문제에 매일같이 크고 작게 부딪쳐야 한다. 자신을 해롭게 하고 자신을 위협하는 것은 어떤 작은 것 하나라도, 사람과 동물과 식물을 가리지 않고 응징하고 보복하고 제거해버려야 한다. 그런데 정말 문제인 것은 그런 응징과 보복과 제거에 성공한다 하더라도 폭력이 거기서 끝나는 것이 아니라는 점이다. 더군다나 폭력을 폭력으로 응징할 때마다 도는 더해가고 화는 늘어만 간다. 불안은 더해간다. 갚을 수 없을까봐, 더 당할까봐 두려워지기 때문이다. 역시 현명한 방법이 아니라는 건 확실하다.

그런 자리에 부처나 마하비르 같은 성인이 등장한다. 나 같은 범인이 감히 해결할 수 없는 숙제를 몸소 실천하여 숭앙의 대상이 된 존재들이 나타나 쉽고도 어려운 이야기로 진리를 설파한다. 그런데 여기서 쿠마르가 등장시키는 부처는 저 높은 숭배의 대상이라기보다는 현실의 고통에 깊이 참여하고 있는 친구로서의 이미지다. 마이트레야(미륵)라는 말이 그런 친구나 우정을 뜻한다고 한다. 그러자 나와는 거리가 멀어보이던 고답적인 종교진리는 내 현실 문제로 더 가까이 다가오는 듯하다. 그랬다. 쿠마르는 연민에 대해서, 관심에 대해서 이야기하고 있었던 것이다.

나 아닌 타자에 대한 연민과 관심은 결국 '너와 내'가 서로 다르지 않은 하나로 연결되어 있다는 인식과 별개의 것이 아닐 터이다. 그렇다면 타자에 대한, 너에 대한 관심은 결국 내 자신에 대한 염려가 아닌가. 결국 이 폭력이라는 숙제는 내 자신의 문제이기도 한 것이 아닌가.

폭력이란 것이 어디서 느닷없이 떨어지는 것은 아니라고 한다. 어느 날 나타나서 내 가족을, 내 친구를 살해한 앙굴리말라는 내가 만든 존재, 아니면 바로 나일 수도 있다는 것이다. 앙굴리말라는 계급적 차별과 억압이라는 폭력의 세례를 받은 사람이었다. 따라서 그가 사회를 공포로 몰아넣었던 폭력 또한 일종의 복수요 응징이었다. 결국 우리가, 내가 행사한 폭력이 앙굴리말라가 되어 우리에게, 나에게 되돌아온 셈이다. 간디 이후 비폭력 평화주의로 가장 유명한 인물 중 하나였던 마틴 루터 킹 목사도 비슷한 이야기를 했다고 한다. 그것은 백인들이 자기 자녀에게 손해를 끼치지 않고는 흑인 아이들을 차별할 수 없다는 말이었다. 도두가 한 형제이기 때문이다. 너 없이 내가 살 수 없기 때문이다. 하지만 우리는 너를 죽이고, 그리하여 나를 죽이고 있다. 악순환은 끝을 모른다.

그런 점에서 폭력이라는 현상보다는 그것의 뿌리를 깊이 들여다봄으로써 너와 나 사이의 진짜 문제가 무엇인지를 알아내는 해결방식은 가장 성숙하고도 지혜로운 방법일 것이다. 가장 깊은 심성에서 나오는 용서라는 지체는 그래서 종교적 진리로만 가능한 것처럼 표현되는지도 모른다. 신앙의 차원에서만 거론될 수밖에 없는 것인지도 모른다. 하지만 그런 믿음 없이, 그런 믿음에 따른 개개인의 실천적인 실험 없이 우리가 무슨 희망을 붙잡고 이 불의의 세상을 헤쳐갈 수 있을까.

조금 다른 이야기를 하자면, 처음에 역자는 '테러리스트'라는 단어 때문에 약간의 혼란을 느껴야 했다. 우리말로 옮기면서도 의심이 약간 섞인 그 혼란은 쉽게 가시지 않았다. 그러다 사티쉬 쿠마르가 쓴 다른 글들을 다시 한번 읽어보며 그가 불교 전통에서는 꽤 알려진 이 이야기를 통해 보다 더 근원적인 질문을 던지고 있다는 것을 알 수 있었다. 그러면서 역자를 혼란에 빠뜨린 안개는 서서히 엷어져갔다.

사티쉬 쿠마르는 이 무차별적인 폭력의 시대를 응시하

면서 분명 9.11이라는 현실의 사건을 염두에 두고 이 글을 쓴 것 같다. 역자의 그런 추정을 뒷받침하는 것 중 하나는 이 책의 5장에서 극악무도한 살인마를 용서해주고 보호해주는 부처와 난디니 부인 때문에 화가 난 군중이 그들을 두고 '우리 편 아니면 우리 적'이라고 말하는 장면이다. 자못 유치하면서도 섬뜩하기도 한 이 표현은 익히 알려진 바와 같이 얼마 전에 재선에 성공한 미국의 부시 대통령이 9.11 이후에 전세계 국가들을 염두에 두고 한 연설에서 내뱉으면서 전세계적인 화제가 되었던 표현이다. 그런 추정이 맞다면, 책에서 말하는 테러리스트 앙굴리말라는 빈라덴이나 후세인이 되고, 테러범을 용서해주는 마음씨 좋은 왕은 부시란 말인가? 내가 아는 사티쉬 쿠마르 선생이 그런 단순한 은유를, 그것도 오히려 더 큰 테러(공포)의 수범이라 힐 수 있는 쵸강대국 미국에게 다분히 유리한 은유법을 썼을까?

　지금 생각해보니 그 정도로 민감할 필요는 없었지 않았나 싶다. 하지만 그런 혼란과 의심 때문에 사티쉬 쿠마르라는 우리시대의 위대한 비폭력주의자의 삶의 궤적과 그가 이 시대에 이 오랜 이야기를 통해 하고 싶은 진짜 이야기가 무엇인지를 좀더 곰곰이 생각해볼 수 있게 되었다. 그 결과, 앙굴리말라는 빈라덴이나 후세인이 될 수도 있고 나 자신이 될 수도 있으며, 마음씨 좋은 왕 역시 빈라덴이나 후세인이 될 수도 있고 나 자신이 될 수도 있다는 해석을 해볼 수 있었다. 영원히 끝나지 않을 것만 같은 폭력의 악순환 속에서 건질 수 있는 유일한 희망은, 너와 내가 하나라는, 고리타분한 듯하면서도 어쩔 수 없는 인식이라는 생각이 들었기 때문이다.

　사티쉬 쿠마르는 여러 글이나 강연에서 폭력의 진정한

뿌리는 우리의 두려움임을 강조한다. 그리고 그런 두려움을 극복하여 폭력의 악순환이라는 고리를 끊기 위해서는 상당한 용기가 필요하다고 말한다. 이 이야기에서도 그런 용기의 발현이 군데군데 눈에 띈다. 자기를 해칠 수 있는 살인마에게 자기 목숨을 바칠 수 있다는 진정을 보여줌으로써 그를 구제한 부처가 그랬다. 일국의 위정자로서의 위신을 걸고 대적大賊의 변화를 인정해 주고 살려주는 왕이 그랬다. 그리고 너무나 사랑하던 보배 같은 남편의 목숨을 가차 없이 앗아간 원수를 용서해 주는 수자타라는 여인이 그랬다. 앙굴리말라 한 사람을 처단하는 것으로는 아무런 이득이 없으며 폭력에 폭력을 더함으로써 도리어 가해자가 될 수 있다고 하는 부처와 자이나교 창시자인 마하비라의 간곡한 설득보다는 가장 귀한 사람을 잃은 이 연약한 과부가 흘린 깨우침의 눈물이 더 큰 용기이고 힘이었다. 그것으로 앙굴리말라는 대사면을 받고, 폭력은 종지부를 찍는다.

종교 전통인 만큼, 범인으로서 상상하기 힘든 드높은 차원을 논하는 것만 같기도 하다. 하지만 폭력을 해결하는 유일한 방법이 사랑과 자비와 용서라는 것은 어찌 보면 자명할 정도로 단순한 진리가 아닐까. 각기 다른 사상이나 종교 전통의 모든 성인들은 한결같이 같은 이야기를 하고 있다. 그러니 우리시대에 비폭력 평화주의 사상의 맥을 이어가고 있는 중요한 인물 중 하나인 사티쉬 쿠마르가 전하는 메시지가 그런 핵심을 비껴갈 수는 없을 것이다.

쿠마르의 비폭력 철학을 이야기하면서 간디를 빼놓을 수는 없을 것이다. 현대에 와서 비폭력 평화주의 사상의 꽃이라 할 마하트마 간디는 자신의 종교전통과 기독교의 사랑, 소로우의 시민불복종, 톨스토이의 무저항주의 등에 크게 영향을 받아서 위대한 비폭력 평화사상을 발전시켰다. 9세 때 자이나교에 입교하여 9년간 엄격한 수도생활을 하던 쿠마르는 간디의 자서전을 보고 감화되어 세속에서 개인적 수행과 사회적 참여를 통합하려는 노력이 진정한 영성이라는 인식을 하면서 승복을 벗어버렸다. 이후에 그는 간디의 수제자였던 비노바 바베를 찾아가 그와 함께 인도 전역을 걸어다니며 지주들을 설득하여 천민들에게 땅을 무상으로 나눠주도록 하는 토지헌납운동에 참여했다. 그 뒤에는 90세의 나이에 반핵시위를 하다 감옥에 갇힌 버트란드 러셀에 감명 받아 핵 4대강국인 소련, 프랑스, 영국, 미국의 수도까지 평화순례를 하느라 2년 반 동안 8천마일을 걷기도 했다. 평화 실천을 위한 걷기의 명인名人이라고도 할 만한 쿠마르는 간디를 통해 꽃피웠던 비폭력 평화사상을 이렇듯 오늘에도 실천적 활동을 통해 계승하고 있다. 불가의 전승을 현대적으로 재구성한 그의 이번 작업은 그런 맥락에서 이해될 필요가 있을 것이다.

쿠마르는 스스로 낙관론자라고 말한다. 그는 어둠을 탓하지 말고 스스로 촛불 하나를 켜라고 한다. 자신이 그런 촛불이 되라고 한다. 절망에 빠져 아무 일도 하지 않는 것보다는 작은 일 하나라도 하는 희망을 갖는 것이 낫다고 한다. 비슷한 맥락에서, 간디에게도 영향을 끼친 소로우는 〈시민의 불복종〉에서 매사추세츠주 안에 단 한 명의 정직한 사람이 있어서 노예 소유를 포기하고 노예제도의 방조자 입장에서 물러나서 그 때문에 감옥에 갈 각오를 하기만 해도 미국의 노예제도가 폐지될 것이라고 한 바 있다. 그 뒤 미국의 노예제도는 소로우의 말대로 폐지되었다. 간디의 비폭력 무저항운동에 힘입어 인도는 결국 영국으로부터 독립했다.

혹시 나 하나의 용기가 세상을 구원할 수 있다는 믿음이 있다면 이 이야기속의 수자타처럼 원수를 용서할 수 있지 않을까? 물론 수자타는 복수를 극복하는 인식의 순간에 눈물을 흘렸다. 그만큼 고통스러운 결단일 것이다. 하지만 차라리 그래서 더 인간적이다. 용서받은 앙굴리말라는 사망에서 생명으로 완전히 옮겨간다. 길을 가다 치명적인 산고를 겪고 있는 산모의 고통을 그냥 지나칠 수 없었던 그는 그 고통에 동참한다. 고통은 어느덧 지나가버리고 지극한 기쁨의 순간이 있을 뿐이다. 비폭력의 드라마는 이렇듯 극적으로 완성되었다.

2005년 1월
이한중

옮긴이 이한중

연세대학교 경영학과를 졸업했으며, 땅과 사회와 영성을 함께 살리는 책을 찾고 옮기는 일에
몰두하고 있다. 옮긴 책으로는 『울지 않는 늑대』 『동물원의 탄생』 『지구를 입양하다』 『신의
산으로 떠난 여행』 『핸드메이드 라이프』 『강이, 나무가, 꽃이 돼보라』 등이 있다.

부처와 테러리스트 앙굴리말라 이야기

초판 1쇄 찍음 2005년 1월 21일   **초판 1쇄 펴냄** 2005년 1월 27일

지은이 사티쉬 쿠마르 ㅣ **옮긴이** 이한중
펴낸이 김영조 ㅣ **펴낸곳** 달팽이출판
등록 2002년 2월 28일 제 22-2112호
주소 137-070 서울시 서초구 서초동 1420-6 성협빌딩 3층
전화 02-523-9755 ㅣ **팩스** 02-523-9754 ㅣ **이메일** ecohills@dreamwiz.com